Le sel de tes yeux

Du même auteur

L'éternité n'est pas si longue
Éditions de l'Olivier, 2010
Points n° P2955

Une faiblesse de Carlotta Delmont
Éditions de l'Olivier, 2013
Points n° P3199

Dans son propre rôle
Éditions de l'Olivier, 2015
Points n° P4283

Le Zeppelin
Éditions de l'Olivier, 2016

La Vie effaçant toutes choses
Éditions de l'Olivier, 2018

A happy woman
Éditions de l'Olivier, 2019

FANNY CHIARELLO

Le sel de tes yeux

ÉDITIONS DE L'OLIVIER

L'autrice remercie le Centre national du livre
pour la bourse qui lui a été attribuée.

ISBN 978.2.8236.1594.4

Samedi

La tête enfoncée dans l'oreiller humide de sueur, tu fixes le bord inférieur du papier peint, juste au-dessus de la plinthe, à la jonction de deux lés ; celui de gauche est légèrement décollé. Tu imagines lécher ton index puis l'appuyer sur le tout petit bec de papier. Tu te demandes pourquoi cette image te vient spontanément : où as-tu vu qu'on recollait le papier peint avec de la salive ? Ça n'a aucun sens. Tu penses à Sofia, qui a la phobie du bois sur la langue à cause des bâtons de glace, et au jour où elle était mal à l'aise chez les parents de Blanche. On entendait le tic-tac de l'horloge et on vous avait versé du café au lait dans des tasses d'aspect fragile posées sur des sous-tasses. Sofia t'avait soufflé à l'oreille : Je ne sais pas quoi faire de moi, j'ai l'impression que je vais me mettre à lécher le parquet. Aujourd'hui, même cette anecdote ne te fait pas rire. Du moins ces digressions t'ont-elles divertie un instant, mais c'est fini maintenant, un nouveau spasme chasse ces pensées désordonnées.

C'est comme une houle. Tu es soulevée du lit et tu restes suspendue un temps infini à la crête de la douleur, attendant les quelques secondes de répit qui suivent toujours le pic. Tu calcules : combien de jours dans ta vie te reste-t-il à souffrir cet enfer ? Si c'est comme ta mère, tu les auras jusqu'à tes

51 ans ; ça fera 38 ans au total, 494 cycles, 2 470 jours. Tu en as tiré plus d'un dixième déjà, à peu près 260 jours perdus, à faire des calculs mentaux et apprendre par cœur les motifs du papier peint, de la housse de couette, des faux nœuds de bois sur le lino. Tu te concentres sur les chiffres pour mépriser le crochet qui tire sur tes viscères à la limite de la déchirure.

Tu savoures l'instant où la douleur reflue et où tu ne ressens plus que sa trace chaude. Tu l'accueilles avec gratitude, tâches de l'étirer jusqu'au prochain spasme. Puis enfin, il n'y a plus de prochain spasme, l'antalgique a fait son effet. Tu te tournes sur le dos et soupires de soulagement. Tu laisses même échapper un rire incrédule. Tu ne te lèves pas tout de suite, bien que ce soit l'après-midi et que tu n'aimes pas traîner au lit quand la lumière torrentielle transfigure le lotissement. Tu reprends ton souffle comme quand tu viens de faire une pointe de vitesse. Lécher le parquet, penses-tu, et tu ris longtemps parce que quand on est allongé sur le dos le rire s'alimente lui-même. Tu laces tes baskets, assise au bord du lit, puis tu te redresses et poses la main sur la peau de ton abdomen. Elle est encore brûlante mais maintenant c'est agréable. Quand même, te dis-tu, c'est vraiment dommage de devoir souffrir ainsi en pure perte. Car, tu en es sûre, tu ne voudras jamais d'enfant.

Ta mère est en train de rempoter un laurier-rose, elle a déplié un journal et en a séparé les feuillets pour les étaler à la manière d'une nappe sur la table de la cuisine. Le papier est maculé de terreau.

– C'est passé ? te demande-t-elle en rajustant ses lunettes sur son nez avec le poignet pour ne pas y toucher avec ses gants sales.

– Oui.

– Alors tu vas pouvoir m'accompagner au supermarché, je dois prendre plusieurs packs : de l'eau, du lait, tu voudras du Coca ?

– Je n'ai pas envie d'aller dans un supermarché.

– Ta sœur est sortie avec Enzo, je ne vais pas y aller toute seule.

– Mais maman, j'ai fait mes devoirs, je viens de passer une heure à me tenir le ventre et maintenant j'aimerais bien profiter un peu de mon samedi.

– Et moi, bichon, j'ai travaillé toute la semaine et j'aimerais bien aussi prendre du bon temps, hélas il y a des choses à faire.

– Mais toi, tu es adulte, c'est normal que tu aies des responsabilités.

– Écoutez-la, celle-ci !

Tu ne peux réprimer un grelot de rire, dont tu sais pourtant qu'il va te perdre. Ta mère pince ta joue.

– Qu'est-ce que tu voulais faire ?

– Pourquoi tu parles au passé ? Je veux aller à la bibliothèque, mais d'abord je vais m'entraîner. J'y vais, là.

– En jean ?

– Mais non.

– Tu es descendue en jean, tu es en jean, non ?

– Parce que je veux manger un Pitch avant de courir. Pour prendre des forces.

– C'est sûr qu'un Pitch, c'est plein de vitamines.

Les palabres durent un moment : le temps que ta mère ôte ses gants de jardinage, se lave les mains, remette ses bagues berbères plus longues que la phalange et ses lourds bracelets. Elle tire de grands sacs plastique de sous l'évier. Tu attrapes une brioche industrielle dans le placard et jettes l'emballage individuel à la poubelle avant de quitter la maison. Vous vous chamaillez encore quand ta mère démarre la 206, vos voix parviennent jusqu'à la maison, s'échappant par les vitres baissées – Sarah, tu ne sais pas encore qu'on ne parle pas la bouche pleine ? La voiture recule dans l'allée de gravier blanc puis disparaît derrière la haie qui délimite le jardinet à l'avant de la maison.

Dans la cuisine, le laurier-rose prend doucement possession de son nouvel espace, étire ses racines dans le terreau comme on bouge les orteils dans le sable. Le transplantoir bleu canard est resté couché sur le papier journal. C'est moi qui ai laissé ce journal dans votre boîte aux lettres, ce matin ; je l'avais glissé dans une enveloppe en papier kraft de grand format, sur laquelle j'avais écrit ton nom au marqueur. J'y avais joint un petit mot, que ta mère a lu ; elle a feuilleté le journal, trouvé la page que je t'indiquais, parcouru l'article et détaillé la photo en l'approchant de son nez. Eh bien ça, a-t-elle dit à voix haute. Elle a tordu la bouche, hésité quelques secondes mais, une fois sa décision prise, ses gestes se sont enchaînés avec fluidité, sans aucune hésitation. Elle a froissé le mot, l'enveloppe et le feuillet du journal sur lequel figure ta photo, lâché la boule ainsi obtenue dans le bac de recyclable. Puis elle a rempoté son laurier-rose.

*

Le jour de notre rencontre silencieuse, je préparais une exposition de photos et de textes sur la langueur de l'été dans le bassin minier, cette langueur que j'ai tant éprouvée quand j'avais ton âge et qui a profondément marqué ma perception de la saison – l'air d'été moiré de chaleur que seuls animent un frémissement de feuillages et, au loin sur la courbe élastique du son, le moteur d'une tondeuse à gazon, cet air sphérique dans lequel se détache avec une netteté cinématographique le grincement de la chaise de jardin en toile dont on se lève pour se verser un verre d'eau avec un demi-citron pressé dont les pépins glissent entre le pouce et l'index, cet air que l'on peut emplir de tout ce que l'on veut sans pouvoir en modifier la tonalité mélancolique, la qualité métaphysique. J'ai redécouvert son lancinement en même temps que tu t'installais dans mon esprit. J'en savourais l'atmosphère chaque fois que je descendais du train à l'un des arrêts sans gare sur la ligne régionale Lille-Lens et attaquais à vélo les dénivelés du territoire, dont j'avais oublié qu'ils étaient si prononcés.

Je ne me suis pas seulement attardée sur les incontournables du paysage qui nous a vues grandir, toi et moi. Les terrils jumeaux de la base 11/19, les plus hauts d'Europe, y occupent l'arrière-plan d'à peu près tout ce que l'on voit. Adolescente, je n'y prêtais plus attention tant ils m'étaient familiers ; il me suffisait à tout instant de lever la tête pour voir leurs mamelons noirs se découper au fond de mon jardin, derrière mon collège, sur la route du lycée. De leur sommet, l'on peut voir les dizaines d'autres terrils, coniques ou plats, verdoyants ou noirs, ponctuer le paysage. Les chevalements, désormais inusités, y font figure de tours Eiffel dérisoires ; certains sont peints de couleurs primaires, la dure réalité de la mine oblitérée par leur aspect régressif. Et les corons, ces pâtés de maisons toutes pareilles, à la brique rouge et aux longs jardins, sont disposés en rosaces sur les plans des villes, autour d'anciens carrés de fosse.

J'ai surtout photographié des lotissements semblables à celui où tes parents et toi vivez – semblables à celui où je vivais à ton âge et où mes parents vivent encore. Ces ensembles résidentiels sont des systèmes labyrinthiques de boucles, impasses et raquettes que relient des chemins de traverse, certains convergeant dans des espaces verts indétectables depuis les grands axes.

Le mercredi 1er août, vers 11 heures du matin, j'empruntais la rue Émile-Basly pour la première fois, lentement pour ne pas passer à côté d'un éventuel détail photogénique selon mes critères, quand un rideau d'érables champêtres s'est dressé à ma gauche. Des rochers obstruaient l'étroit passage de terre tassée qui donne accès à l'autre côté du rideau. Je me suis dit qu'un parc si bien caché devait être intéressant. Je suis descendue de mon vélo, l'ai poussé entre les rochers, sur le chemin de terre, et juste avant de franchir la barrière végétale, je t'ai vue qui te dirigeais vers moi.

De loin, j'ai d'abord cru que tu étais un garçon. Sans doute est-ce dû à la sobriété de ton short bleu et de ton maillot rouge, des vêtements que quiconque, homme ou femme, pourrait porter pour pratiquer n'importe quel sport ne requérant pas d'équipement spécifique. Quand j'ai débouché dans la lumière et que nous nous sommes fait face, j'ai cru lire de la curiosité dans ton regard, et tu m'as souri. Tes traits m'ont d'abord paru androgynes – plus tard, je me suis demandé comment j'avais pu les percevoir ainsi : des traits si fins. Aujourd'hui, je ne sais plus, j'ai oublié leur plasticité. Ton visage m'apparaît désormais dans des expressions qui sans doute ne te ressemblent pas, figées sur trois photos.

Oui, j'ai pris trois photos de toi, ce jour-là, mais je pense que tu le sais. As-tu entendu le déclic de mon déclencheur ? C'est peu probable puisque tu portais des oreillettes et que l'autoroute bourdonnait non loin. As-tu senti mon regard peser sur toi ? Tu t'es tournée vers moi et tu m'as regardée dans les yeux mais ton visage n'exprimait pas de réprobation et, quand j'ai levé la tête de mon viseur, je me suis rappelé la portée du zoom et la distance qui nous séparait. Une centaine de mètres. J'aurais pu cibler n'importe quel objet à ta proximité. Je crois néanmoins que tu n'étais pas dupe : tu savais que cette inconnue à la diagonale du terrain venait de voler ton image.

J'ai quitté le parc alors que tu courais encore. Quand je suis rentrée chez moi, le soir, tu prenais déjà beaucoup de place dans mes pensées. J'ai trié mes photos, écrit des brouillons de textes sur ce que j'avais observé au fil des kilomètres parcourus à vélo. Voici celui qui parle de toi :

« La manière dont elle me sourit quand nous nous croisons. Puis la manière dont nous nous observons à la dérobée. Elle doit se demander ce que je fais là, certes, et je me pose la même question à son sujet – elle court en fractionné, je le vois bien, mais son mystère n'est pas réductible à une activité : malgré ses vêtements techniques, elle semble décalée, presque incongrue sur le terrain de sport, en ce matin d'été. Je zoome à travers la pelouse et distingue les traits de son visage avec une précision embarrassante, de même que son expression quand elle se tourne vers moi et fixe mes yeux à travers l'objectif, quoique sans le savoir (pas à cette distance). À son âge, je rêvais qu'une inconnue vienne me chercher dans mon paysage familier, providentielle. Combien de silhouettes ai-je investies de cet espoir ? Peut-être suis-je un tout petit événement dans la journée de la jeune athlète. Peut-être aura-t-elle parfois, quand elle reviendra ici, la réminiscence de ma présence aux contours flous, mon regard comme une brise légère dans ses cheveux bouclés. »

Ou peut-être ton sourire n'était-il pas un signe de reconnaissance comme je l'ai spontanément interprété. J'ai tendance à estimer que mon apparence me désigne comme queer, mais encore faut-il savoir que le mot *queer* existe et que des gens s'en revendiquent, refusant la conception binaire homme-femme de la société. Si on l'ignore, sans doute mon aspect général me rend-il, plutôt qu'identifiable, inhabituelle dans le décor de cette petite ville minière.

Je n'ai pas envisagé que tu pouvais simplement te demander pourquoi une femme qui aurait l'âge d'être ta mère s'intéressait tant à ce parc désert coincé entre une autoroute et un lotissement, son vélo couché dans l'herbe. Parfois, des gens s'arrêtent pour essayer de comprendre ce que je photographie mais ils ne voient pas ce que je regarde, leur œil ne parvient pas à dénuder le détail qui attrape le mien, alors ils ont l'air méfiant, sinon hostile. Toi, tu m'as souri.

Le mercredi suivant, je suis revenue au parc Gagarine à la même heure, comme si nous avions rendez-vous. Cette fois, j'y ai accédé par le lotissement. J'étais désorientée dans ces rues que je ne distinguais pas encore les unes des autres. J'ai pris un virage et soudain tu étais face à moi, marchant dans ma direction d'un pas tranquille. Quelque chose dans ton œil a paru dire, Tiens, sans plus. Tu as tourné quelques secondes avant moi dans l'impasse qui surplombe le parc. J'ai dit bonjour pour attirer ton attention, mais pas très fort et je ne suis pas sûre que tu l'aies entendu, en tout cas tu n'as pas réagi. L'instant d'après, alors que j'entrais dans ton champ visuel, tu as tourné la tête vers moi et, de nouveau, tu m'as souri.

Pendant que tu t'entraînais, j'écrivais dans mon carnet. Avant de remonter sur mon vélo, j'ai osé faire ce qui m'amenait ici pour la deuxième fois : je voulais te photographier sans zoom, d'assez loin pour que tu sois peu distincte et que je puisse utiliser l'image. Je pense que personne, à part toi et moi, ne te reconnaîtrait dans cette silhouette en noir et blanc que la distance et la vitesse rendent floue. Dans mon cadrage très près du sol, les barrières qui enclosent le terrain de football et les cages de but sans filet forment un quadrillage de lignes blanches dont tu sembles vouloir t'échapper.

Cette photo figure dans mon exposition. Aujourd'hui, elle a été publiée dans un quotidien national, accompagnée du texte que je t'ai copié plus haut. J'ai pensé que ça pourrait t'amuser de voir dans un journal une photo de toi en pleine pointe de vitesse, mais ta mère n'était pas de mon avis. Un jour, je te donnerai un autre exemplaire du journal, je me présenterai devant toi et te dirai, Bonjour, Sarah, je suis venue te remettre *L'Humanité* en mains propres. Et toi qui n'y verras ni majuscules ni italiques, tu joueras le jeu : C'est bien gentil, me répondras-tu, mais où veux-tu que je la mette ? J'ai une chambre de 12 mètres carrés.

*

Il ne faudrait jamais mettre les pieds dans un supermarché discount, un samedi après-midi. Non seulement tu as perdu un temps précieux mais l'épreuve de la foule t'épuise chaque fois que tu ne peux t'y dérober. Au lycée, dès que des élèves se regroupent à plus de trois, l'appréhension te donne mal au ventre. Tu sais qu'ils peuvent disjoncter d'une seconde à l'autre. La semaine dernière encore, tu as fait un détour pour contourner une avenue dans laquelle trois filles et trois garçons de seconde s'opposaient à distance ; ils se jetaient des cailloux en hurlant. Est-ce à cela que ressemblent les parades amoureuses des jeunes gens que l'on considère comme normaux ? t'es-tu demandé. Tu as tenté de tenir ta peur à distance en traitant son objet comme un problème de géométrie dans l'espace et de te représenter le vide abyssal de leur esprit.

Ta mère sait pourtant que tu es agoraphobe, pourquoi n'a-t-elle pas emmené Mona et Enzo ? Ils n'ont rien à faire de toute façon, ils traînent tout l'après-midi d'un bosquet à l'autre dans le parc voisin, engourdis par le désœuvrement. Toi, tu aurais pu aller à la bibliothèque, et maintenant il te faudra patienter jusqu'à mercredi après-midi, après l'entraînement, et tu n'as plus rien à lire. Tu aides ta mère à vider le coffre de la voiture en ressassant ton amertume, au moment où Mona et Enzo arrivent devant la maison de leur pas lourd, l'œil vide. Tu ne leur prêtes pas attention quand ils passent auprès de toi en se poussant comme s'ils étaient au bord d'une piscine. Du moins ne se jettent-ils pas de cailloux.

– Tu ne te rendrais pas plutôt utile, Chiffon ? demande ta mère.

Chiffon est le surnom que ta sœur doit à son goût pour les vêtements. Le dos-nu qu'elle porte cet après-midi dévoile un large cercle de peau entre ses omoplates, traversé par la bretelle en dentelle blanche de son soutien-gorge. Son jean taille haute est si moulant que, quand elle glisse son téléphone dans la poche arrière, on pourrait taper un message à travers la toile. Elle attrape un sac dans le coffre avec un air d'intolérable ennui ; une requête de plus et sans doute elle périrait sur place.

– On ne peut rien poser sur la table, c'est plein de terre.

Elle laisse le sac sur le sol et ouvre le réfrigérateur.

– Il n'y a plus de Coca.

– Je viens d'en acheter, l'informe votre mère.

– Mais il ne sera pas frais.

– Il y a des glaçons dans le freezer, Mona, sois un peu dégourdie.

Mona prépare deux grands verres de soda pendant que tu débarrasses la table. Tu poses le pot du laurier-rose sur le plan de travail et fais glisser le terreau vers le milieu de la nappe en papier journal.

– Le principe, Sarah, c'est d'en faire une boule en laissant la terre dedans.

– Mais dans ce cas, ce ne sera pas recyclable.

– Oh là là, commente Mona.

Mona, Enzo et ta mère éclatent de rire. Tu secoues la tête et formes une rigole de papier, que tu inclines vers la poubelle. La terre y tombe avec le bruit d'un sablier qui finit de se vider. Tu entreprends maintenant de reconstituer le journal afin de le plier plutôt que le froisser, de manière qu'il prenne le moins de place possible dans le bac de recyclable. Tu empiles les feuillets quand une photo attire ton attention.

On y voit le World Trade Center au moment où le deuxième avion s'apprête à percuter la tour sud. La photo a été prise quelques minutes après ta naissance. Tout le monde savait, à l'hôpital, sauf ta mère ; la famille et le personnel soignant ne voulaient pas perturber le travail. Quand vous évoquez ce jour, ton père sort de sa veille et se remémore combien il était frustré de ne pouvoir se ruer sur la télévision la plus proche pour essayer de comprendre ce qui était en train de se passer, comme le monde entier le faisait à ce moment-là. Tu as toujours pensé que ça signifiait quelque chose d'être née le 11 septembre 2001, juste entre les deux avions.

Tu as cherché des chiffres. Il n'existe pas de tableau qui indique précisément le nombre de naissances pour chaque jour de chaque année, aussi as-tu fait des calculs. Vous êtes 78 405 169 à être nés en 2001, soit une moyenne de 214 808 nouveau-nés par jour. C'est énorme, as-tu pensé ; tu te serais crue plus exceptionnelle que ça. Toutefois, tu ne voulais pas en rester à un chiffre aussi platement statistique, alors tu l'as remodelé afin de le rendre plus crédible et plus rond : comme un caillou que tu pourrais emporter dans ta poche. Tu as cherché les nombres premiers les plus proches de ton résultat et trouvé 214 807 et 214 811. Tu n'étais plus à quatre près, aussi as-tu choisi le second. Tu estimais ainsi inclure, symboliquement, les naissances qui ne sont pas comptabilisées. Car tu te dis que le monde est vaste et que, quelque part, sans doute, l'on peut encore naître ni vu ni connu, échapper à la petite étiquette de plastique et au matricule. Ces trois points supplémentaires inoculent un peu de liberté dans ton nombre à six chiffres.

Tu as pensé que la singularité de ton sort apparaîtrait plus nettement si tu prenais en compte l'heure de ta naissance. Tu as divisé la moyenne du jour par le nombre de minutes contenues dans une journée. Tu as obtenu 149. Tu as multiplié 149 par le nombre de minutes qui ont séparé les deux collisions, à savoir 17. Ta calculette a indiqué 2 533. Une fois de plus, tu as choisi entre les nombres premiers les plus proches, 2 531 et 2 539. Tu as conservé 2 531 parce que, cette fois, ça valait presque le coup de choisir le plus bas. Par ailleurs, 2 539 te faisait penser aux prix qui se terminent hypocritement par 99 ou par 9 pour ne pas franchir la barre de l'unité ou de la dizaine supérieure.

Aujourd'hui, voici comment tu conçois les choses : tu te dis que tu es l'un des 2 531 individus qui ont émergé du chaos, d'un nuage de poussière si énorme qu'il a mis des semaines, dit-on, à retomber. Dans tes rêveries, le jour de tes vingt ans tu fais partie des invités d'honneur aux commémorations du 11 Septembre, qui ont lieu à Ground Zero ; la présidente des États-Unis Michelle Obama souhaite faire de vous le symbole du renouveau et de l'espoir. Ensuite, personne ne pousse plus jamais d'exclamations horrifiées en apprenant la date de ton anniversaire, ni ne te traite comme si tu étais maudite. Tu fondes tant d'espoirs sur Michelle Obama que tu as punaisé une photo d'elle sur un mur de ta chambre. Tu n'y prêtes pas attention quand tu poses sur ton bureau le journal sauvé du recyclage et amputé d'une double page.

*

Je me doutais que ce journal ne te parviendrait pas. Pas plus que la lettre que je t'ai adressée au mois de novembre pour t'annoncer le vernissage de mon exposition et te dire qu'elle comportait une photo de toi. Voulez-vous que je vous l'envoie ? te demandais-je, mais tu n'as jamais répondu, or je ne doute pas de ta curiosité. Je t'ai vue t'entraîner, je t'ai vue consulter ton brassard pour vérifier tes temps, t'étirer contre la rambarde du terrain autour duquel tu cours. Le fractionné requiert une grande discipline, beaucoup de sérieux et de concentration ; je suis prête à parier que tu joins bien d'autres qualités à celles-ci, et que la curiosité en fait partie. Si tu avais reçu ma lettre, tu aurais souhaité voir cette photo de toi, qui est aujourd'hui reproduite sur du papier journal et froissée dans le bac à recyclable de ta cuisine.

Je ne t'ai pas encore dit qu'écrire était mon métier. Je pratique la photo en amateur. Très vite, après notre rencontre silencieuse, j'ai parlé de toi et confié à certains de mes proches mon désir de te consacrer un texte conséquent. Non pas un simple paragraphe mais tout un roman. Je pouvais sentir l'atmosphère du livre, sa dynamique, sa couleur, sa musique. Je le concevais un peu comme un film. Il serait le livre brut de ton adolescence et comporterait une importante iconographie : des portraits que tu me laisserais prendre de toi dans divers contextes de ta vie quotidienne, des pages de tes cahiers sur lesquelles tu aurais gribouillé des dessins ou des poèmes, et des photos que tu emprunterais à tes albums de famille.

Je voudrais te faire écrire. Je lancerais des thèmes, des questions, des mots, des musiques, des images, et tu écrirais librement, puis je t'aiderais à retravailler tes textes, à les rendre plus forts, plus évocateurs. Peut-être continuerais-tu ensuite ton chemin sans moi, et un jour je fêterais avec toi la parution de ton premier roman ou de ton premier recueil.

– Reviens sur Terre, me disent certains de mes proches : tu ne peux pas travailler avec cette jeune fille.

– Pourquoi pas ?

– Elle est mineure.

Je leur dis que ça te passera.

Aujourd'hui, exceptionnellement, je ne viens pas seule mais avec mes deux meilleures amies, qui souhaitent partir à la découverte des terrils. Je leur en ai décrit plusieurs et elles ont choisi de commencer leur exploration par celui de Pinchonvalles, non pas le plus haut mais le plus long d'Europe, classé en protection de biotope pour la diversité de sa faune et de sa flore. Nous avons convenu de faire un rapide crochet par ton quartier. Nous nous garons dans la rue Émile-Basly car je veux que leur première impression du parc Gagarine se rapproche autant que possible de la mienne. Sitôt descendues de la voiture, elles me regardent avec perplexité. Je ne les avais pas prévenues que l'autoroute passait à cinquante mètres, en contrebas mais sans même la séparation symbolique d'un mur antibruit. Jusqu'alors, en l'absence de commentateurs, j'étais plus ou moins parvenue à faire abstraction de sa proximité.

Je suis presque surprise que le parc soit désert, cet après-midi, bien que cette vision me soit désormais coutumière, car j'avais eu l'intuition que, cette fois, tu y serais. La présence à mes côtés de celles qui depuis vingt ans tâchent de m'arrimer au réel me semblait inviter ce dernier à se matérialiser devant moi sous la forme d'une jeune athlète. Cela dit, le parc n'est pas tout à fait vide. Le soleil découpé par les feuillages pointille de lumière les pelouses encore vertes et grasses et, dans un trou d'ombre, derrière un bosquet, un couple est partiellement dissimulé aux regards. La jeune fille, de dos, a de longs cheveux bruns bouclés ; elle est assise auprès du garçon étendu, tout juste redressé sur ses avant-bras.

Quand nous passons devant chez toi, mes amies détaillent ta maison sans effort de discrétion. Nous commentons chaque élément de décoration qui saille dans le lotissement. Chez tes voisins, une ménagerie de plâtre blanc occupe toutes les surfaces horizontales : un lion, un éléphant, un chien, des oiseaux exotiques, un coq, un écureuil, un lapin et des papillons se pressent sous des sabots de façade en grès. D'autres de tes voisins rendent hommage au patrimoine minier en faisant d'une berline un énorme bac à fleurs. Ces univers se côtoient au long de rues que les promoteurs ont laissées dans la plus minimaliste indifférenciation.

Notre tour terminé, nous regagnons le parc. J'aperçois de nouveau, dans la pénombre, la silhouette de la jeune fille, qui rassemble ses cheveux pour en faire un chignon. Nous nous arrêtons un instant devant le bosquet suivant, séparé du premier par une longue pelouse. La jeune fille quitte l'ombre et se dirige vers nous. Je peux dire à distance qu'elle a tes cheveux ; de courtes mèches s'échappent de son chignon, formant des accroche-cœur. Elle porte un pull à manches courtes d'un rouge aussi éclatant que ton maillot d'entraînement. Je crois que c'est elle, dis-je à mes amies. Le garçon la suit à quelques mètres, du même pas indolent ; quand il la rejoint, ils gesticulent avec brusquerie, éructent des phrases que nous n'entendons pas, puis ils rebroussent chemin : lui, vers le lotissement, et elle, vers le trou d'ombre dont elle vient tout juste de sortir.

Je dégaine mon appareil photo et zoome au maximum alors que la jeune fille se tourne vers moi. Sur ce cliché, elle me regarde de face. Ses épais sourcils sont taillés selon la mode du moment. Ses chevilles sont nues entre les coûteuses baskets et le jean moulant taille haute, selon la mode du moment. Son pull à manches courtes est un dos-nu dévoilant une bretelle de soutien-gorge en dentelle. Dans la poche revolver, la forme d'un téléphone portable. Sur la seconde photo, elle est assise sous un arbre et consulte son téléphone, de profil.

Tandis que mes amies et moi roulons vers Pinchonvalles, je manque à mes devoirs de guide et agrandis les images, le nez collé au petit écran de mon appareil photo. Je cherche le souvenir de tes traits sur le visage de la fille, mais non. Ce n'est pas toi, me dis-je, et de cela je suis sûre. Toi, tu ne suis pas la mode, tu ne traînes pas avec un air d'ennui visqueux et tu ne me vois pas passer sans me sourire. Tu as des joues rondes, le front bombé, des yeux noirs et vifs. Mais qui sait si je n'ai pas gardé de toi une impression faussée par une mémoire faillible et une imagination trop fertile ? J'abandonne mon examen ; mes amies et moi convenons d'examiner les photos, ce soir, de retour chez moi.

Quand nous gravissons les pentes du terril plat, je suis abasourdie, comme si je venais d'apprendre ta mort. Les lézards fuient autour de nous dans un bruissement de feuillages et à mesure de notre ascension se révèlent à nos regards des panoramas de plus en plus vastes : à l'ouest, les terrils coniques de la base 11/19, à l'est un coron d'Avion dont nous pouvons étudier le schéma comme sur un plan, au sud le mémorial de Vimy et au nord la Grande Résidence – la ZUP de Lens. Dans le bois de bouleaux, nous admirons les jeux de l'ombre et de la lumière, les miroitements du schiste noir, les nids de chenilles processionnaires. Assises au sommet, nous mangeons des bananes et commentons le coron en contrebas.

Mes amies me posent des questions. Je dis que les mines avaient leur système d'urbanisme et de sécurité sociale. Petite, j'étais suivie dans un dispensaire par un médecin de la SSM, Société de secours minière. Les compagnies minières étaient privées mais s'étaient substituées aux communes pour proposer à leur main-d'œuvre abondante les infrastructures et services que les collectivités publiques n'auraient pu leur fournir, débordées par son afflux massif. C'était une société dans la société, une enclave d'un noir profond. Je jette les peaux de banane dans mon sac. Ton visage flotte dans le ciel sans nuages et l'hypothèse qu'il n'existe pas dans le monde réel rend le sol bien plus friable encore sous mes pieds que ne l'est naturellement celui des terrils.

– C'est quand même fou que tu ne saches pas dire si c'était elle ou pas.

– Je ne l'ai vue que brièvement, il y a des mois. Ma mémoire consiste en quelques photos prises sous des angles équivoques avec des zooms très longs, je n'exclus pas de m'être créé une image mentale sans référent réel.

De retour chez moi, je fouille mes dossiers, classés par lieux et par dates, et je trouve une photo que j'avais laissée de côté en raison de sa piètre qualité mais sur laquelle se découpe assurément ton profil au front bombé, au nez retroussé, comme dans mon souvenir. Nous rions parce que la fille de tout à l'heure n'est pas toi, bien qu'elle ait exactement tes cheveux, tes paupières sombres et tes rondeurs. Nous venons de rencontrer ta sœur Mona et son petit ami Enzo.

*

En bas, ta mère a sorti un livre de recettes. Sans doute pense-t-elle déjà au repas du soir. En tout cas, elle est concentrée sur ce vieux manuel en lambeaux dont tu te demandes comment elle ne le connaît pas par cœur. Tu es tranquille. Tu ôtes tes baskets et ton jean, enfiles ton short bleu, ton maillot rouge, et bientôt tu es prête. Tu gagnes la porte de la maison en tâchant de faire le moins de bruit possible et tu es sur le point de quitter la maison quand la voix de ta mère t'appelle. Tu lèves les yeux au ciel, exaspérée.

– Quoi encore ?

– Je dis, qu'est-ce que tu vas mettre ce soir ?

– De quoi tu parles ?

Tu restes en suspens dans l'embrasure de la porte. Une jeune femme passe devant le portillon du jardinet en poussant un landau. Où l'as-tu déjà vue ?

– L'anniversaire de Blanche, c'est bien ce soir ?

– Oh non, j'avais complètement oublié…

Tu laisses tomber la tête en avant et manques basculer dans le yucca rouge. C'est une caissière, te rappelles-tu fugacement. La dame au landau, une caissière du supermarché dont tu reviens tout juste.

– Bravo, grince ta mère, ça lui ferait plaisir.

Tu traverses le hall. Dans la cuisine, ta mère est en train de préparer le thé, sans doute ton père a-t-il fini sa sieste.

– Je vais lui envoyer un message pour m'excuser, dire que je ne me sens pas bien. Ce n'est pas tout à fait faux, d'ailleurs, la douleur va forcément revenir à un moment.

– Hors de question. Je vais te dire ce que tu vas faire : tu vas sortir. Un, c'est de ton âge, deux, c'est l'anniversaire de ton amie, trois…

– Tu parles d'une amie…

– J'ai trouvé un cadeau.

– Quel cadeau ? Depuis quand tu choisis des cadeaux pour mes amis ?

– Tu vois que c'est ton amie, tu le dis toi-même.

– Abus de langage. C'est quoi, ce cadeau ?

Sur le mur, un cadre en métal ajouré agace ton œil parce qu'il n'est pas tout à fait droit. Il est plus grand que la photo sur laquelle ta mère pose avec son gâteau d'anniversaire – Lila 50 ans, annonce le bandeau en pâte d'amande qui l'entoure, tandis qu'un logo Chanel en trois chocolats orne le dessus. Ta mère a imprimé la photo sur le copieur de son bureau, et l'encre de mauvaise qualité, déjà déteinte et jaunie, la fait paraître plus vieille qu'elle ne l'est. Tu redresses le cadre pour éviter qu'elle ne soit encore plus déprimante.

– Je t'ai parlé d'Anita, qui est dans mon groupe de Pilates. Sa sœur est venue, l'autre jour, elle fabrique des bijoux.

– Oh pitié !

– De très beaux bijoux artisanaux, j'ai trouvé des boucles d'oreilles qui plairont beaucoup à Blanche. Plusieurs rangs de perles et, au bout, une turquoise véritable en forme de goutte. Très fin, de la belle ouvrage.

– Je ne veux pas le savoir. Je peux aller courir, maintenant ?

– Qu'est-ce que tu vas mettre ce soir ?

– Le pyjama panda sept tailles trop grand que tu m'as commandé sur Internet.

– Chiche.

L'air est étrangement chaud pour un après-midi de printemps, et il flotte une odeur désagréable qui t'évoque le caoutchouc brûlé. Tu enclenches le coach digital sur ton téléphone. Tu n'écoutes pas les premières minutes, toujours les mêmes : tu pourrais les réciter dans ton sommeil. Tu fais un détour pour que la voix ait fini son introduction quand tu atteindras le terrain, même si tu te doutes bien que le parc sera désert. Si tu devais attendre quelques instants avant de commencer, bras ballants, il n'y aurait pas de témoin. Il n'y en a jamais – presque jamais, corriges-tu, car tu as le souvenir fugace de ma silhouette, l'été dernier. Tu as eu l'impression diffuse, bizarre, que cette silhouette était là pour toi, mais pourquoi ? Comment vas-tu échapper à cette soirée ? Pour l'anniversaire de leur poulain, les parents de Blanche vont sortir le cristal et l'argenterie. Horreur.

Tu poses ta petite bouteille d'eau contre la main courante qui entoure le terrain. Puis tu ne penses plus à rien, tu es dans chacun des muscles que sollicite la course et un vide bienfaisant se fait dans ton esprit.

*

Sans la caissière au landau, je ne saurais rien de toi. Je ne connaîtrais ni ton nom, ni ton prénom, ni ton adresse. Au mois d'octobre, je suis venue dans ton quartier avec trois photos de toi, des tirages de qualité médiocre mais sur lesquels tu es reconnaissable. J'ai interrogé trois personnes. D'abord, une jeune fille de ton âge qui paraissait sûre de pouvoir me renseigner : Je n'habite pas ici mais je connais beaucoup de monde, m'a-t-elle dit, avant de se pencher sur les photos et de secouer la tête. L'homme qui habite au coin de la rue où je t'avais croisée le 8 août, à son tour, a regardé les trois clichés.

– Je ne sais pas qui c'est. Elle court, a-t-il ajouté sans que je puisse deviner s'il ne faisait qu'analyser l'image. Je la vois souvent passer ici, cette dame. (Il a vraiment dit *cette dame*, peux-tu le croire ?) Elle doit arriver de là-bas et aller courir de ce côté, a-t-il dit, esquissant un geste inverse à la logique. Ou le contraire.

– Oui, elle court dans le parc et doit habiter quelque part par là.

J'ai agité la main vers l'extérieur de l'impasse, où une jeune femme passait avec un landau. Je l'ai rattrapée. Pas plus que les autres individus sondés elle ne s'est montrée surprise que je possède des photos de toi, manifestement prises à ton insu, ni ne s'est souciée de ce que je pouvais bien te vouloir.

– Non, je ne la connais pas.

– Eh bien, merci pour votre aide.

– Mais je sais où habitent ses parents. Les miens vivent un peu plus haut, alors je vois qui sont les gens, par ici. Vous voulez que je vous montre la maison ? C'est juste là.

Elle a tendu le bras vers la rue dont nous venions toutes deux. J'ai accepté. Elle m'a donc menée devant chez toi, une cinquantaine de mètres plus loin, le temps de m'apprendre qu'elle était caissière et qu'elle voyait parfois tes parents quand ils faisaient leurs courses dans la grande surface qui l'employait.

Quelques minutes plus tard, alors que j'avais quitté ton quartier, j'ai tapé sur Internet l'adresse que j'avais relevée. Un nom s'est affiché : Malek Benarif. J'ai lancé une recherche associant ton nom de famille à celui de la ville et, parmi le peu de liens qui se sont affichés, l'un me proposait une certaine Lila Benarif inscrite sur un réseau social. Sur sa photo de profil, ta mère pose devant chez vous ; j'ai reconnu la grille noire hérissée de pointes dorées, les piliers de brique rouge.

J'ai appris où elle travaillait, à quel poste, dans quelle ville d'Algérie elle est née. Au fil de ma navigation, j'ai croisé des gens dont j'ignore le lien de parenté avec toi. Ta famille n'est pas très étendue ; elle aime le sport et le pratique volontiers. Une jeune femme, peut-être ta cousine, jouait récemment encore dans un club de football féminin. J'étais embarrassée de savoir tant de choses sur tes proches, et soulagée que ton mystère reste entier. Car il n'y a pas trace de toi sur Internet, pas même le nom d'un club sportif auquel tu serais inscrite. Tu n'es pas de ceux qui tissent en réseau cet incessant commentaire qu'est devenu le réel – car est-il autre chose que cela ? son propre et infini commentaire, débattu publiquement, agrémenté de photos à l'esthétique rigoureusement filtrée ?

Il n'existe aucun outil infaillible qui soit dépositaire de nos accomplissements, qui comptabilise nos exploits, prenne acte de notre courage et en rende compte auprès des autres afin que nous échoie une forme de reconnaissance terrestre. Nos faits et gestes sont vite absorbés par le besoin d'un plus qui supplanterait la possibilité du sens, comme si rien ne valait sans un regard extérieur pour solidifier l'expérience, l'empêcher de fuir presque instantanément la conscience avant d'avoir pu atteindre une mémoire trop peu sollicitée ; comme si l'expérience ne pouvait être validée que par la collectivité, se devait d'être consignée sur un support extérieur, physique ou immatériel, peu importe tant qu'il est accessible, quoique jamais consulté, par tous et jusqu'à l'extinction de l'espèce. Toi, je l'ai découvert le 24 octobre grâce à la caissière du supermarché discount, tu n'as pas recours à cette vanité.

*

Lou porte des jeans retroussés sur des Dr. Martens et des débardeurs moulants qui mettent en valeur ses épaules musclées. Sur son biceps droit est tatouée une paire de ciseaux chirurgicaux. Elle a les cheveux courts, qu'elle coupe elle-même et qui dépassent de sa casquette. Un anneau perce son septum nasal. Elle ne fait pas mystère d'aimer les filles, ce qui t'impressionne, mais elle ne t'est pas sympathique pour autant. Comme tous les gens qui parlent trop fort et qui aiment la provocation, elle te met mal à l'aise.

Toi, il ne t'est arrivé qu'une fois d'avouer tes sentiments à une fille. Tu étais en cinquième. Le week-end, dans l'incapacité de voir Clara, tu ressassais le célèbre vers de Lamartine, « Un seul être vous manque et tout est dépeuplé ». Clara te dépeuplait tout en deux jours, comment allais-tu survivre aux grandes vacances ? à une vie entière sans elle ? Il fallait qu'elle sache, au cas où elle ressentirait la même chose. Tu n'as pas voulu voir son vernis à ongles comme un indice. Elle a gentiment répondu à ta lettre, à l'encre turquoise, avec des petits ronds sur les *i* : Tu dois te tromper, écrivait-elle, une fille ne peut pas aimer une autre fille. Après une phase d'abattement, tu lui as été reconnaissante de sa discrétion. Elle aurait aussi bien pu faire de toi le souffre-douleur du collège.

Ensuite, tu as vécu plusieurs mois au bord du vomissement. Les médecins n'étaient pas sûrs qu'il s'agissait de l'appendicite mais on t'a opérée, au pire ça ne ferait aucune différence : une opération si bénigne. Depuis l'affaire Clara, tu n'as rien osé de plus franc qu'offrir un poème de ta composition à une prof de français. Elle a souri et feint de ne pas voir l'émotion que trahissait ton corps de treize ans, qui tremblait en lui tendant une feuille volante.

Quand tu entends Lou faire bruyamment étalage de ses attirances, tu es mal à l'aise pour elle. Ni plus ni moins que tu ne le serais si elle se jetait sur des garçons. Tu ne comprends pas les gens qui se donnent en spectacle, toi qui places l'intimité en tête des luxes possibles et y aspires de toutes tes forces. Ce soir, quand tu pénètres dans le jardin de Blanche, Lou t'alpague :

– Eh, Benarif, je parie que tu es une cousine.

– Une cousine de qui ?

– Ah ah ! Tu es une petite comique, toi !

– Qu'est-ce qu'elle raconte encore, celle-là ? maugrée Sofia en t'entraînant plus loin, vers la haie de troènes. Cette fille me dégoûte. Blanche était vraiment obligée d'inviter toute la classe ?

– Pourquoi elle te dégoûte ?

– Sarah, Lou est une lesbienne, je pensais que même toi qui ne captes rien, tu l'aurais deviné.

Habituellement, tu te dérobes discrètement quand une discussion te mène sur ce genre de terrain, mais aujourd'hui tu es trop excédée pour la prudence.

– Et alors ? dis-tu. Ça ne veut pas dire qu'elle a envie de t'embrasser.

– De m'embrasser ! Sarah, tu as quel âge ? Si elle a envie d'un truc, c'est sans doute plutôt de me retourner.

– Tu es aussi raffinée qu'elle.

Des rires en provenance de la terrasse attirent votre attention. Lou est bras dessus bras dessous avec deux garçons qui la considèrent comme un des leurs et avec lesquels elle aime échanger des blagues graveleuses. Suspendue à leurs cous, elle est tournée vers toi et te regarde avec un sourire en coin. Tu tressailles quand tu comprends que tu es le centre de l'attention.

– Eh, Sarah B., petit scarabée doré, crie Lou, qu'est-ce que tu dirais de goûter mon milk-shake ?

– J'ai l'impression que c'est une obscénité, chuchote Sofia. En fait, je crois que c'est sur toi qu'elle a des vues.

Sofia attrape ton bras et te tire à l'intérieur de la maison. Le parquet grince sous vos pieds, un très vieux parquet que les parents de Blanche ont fait poser dans leur maison neuve comme s'il allait lui conférer la patine chic de l'ancien. Vous entendez de nouveau Lou vociférer à l'extérieur mais d'ici vous ne distinguez plus ses paroles et tu en es soulagée.

– Tu entends ça ? demande Sofia.

– Elle délire, tu vois bien qu'elle a bu de l'alcool.

– Tu dragues des filles quand tu as bu de l'alcool, toi ?

Tu ne peux réprimer un tressaillement, que Sofia interprète mal.

– Pardon, j'oubliais que tu n'en bois pas. C'est par rapport à ta religion ?

– Je n'ai pas de religion.

Sofia t'observe avec curiosité.

– C'est vrai que je n'ai jamais vu ta mère voilée.

– Je vais rentrer.

– Qu'est-ce que j'entends ? s'écrie Blanche en t'attrapant par les épaules.

– Elle a ses règles, commente Sofia, je ne te raconte pas l'humeur.

– Eh bien alors, bijou ?

Blanche te prend dans ses bras.

– Je dois être la seule ce soir à ne pas avoir envie de te mettre une main au cul, dit Sofia.

Si tu relèves toutes les remarques de ce genre, est-ce parce que tu es concernée ou parce que, dommage pour toi, ce sont les plus répandues ? Tu relèves aussi les sous-entendus racistes (et postcolonialistes, préciserait ton amie Jasmine) mais c'est différent parce que tu sais que ta famille et un certain nombre de vos amis sont solidaires dans cette cause. Même quand personne ne t'accompagne physiquement, tu te sais adoubée par les tiens et la force du nombre t'aide à écraser de ton mépris l'imbécile qui a proféré l'injure. Ce n'en est pas moins une lutte mais tu t'y sens entourée, entendue, et légitime à lutter.

Quant à ton autre cause, tu es bien obligée de la mener en solitaire. Si tu disais à tes proches combien les allusions homophobes te blessent, ils se détourneraient de toi. Tes parents, s'ils n'occultaient pas ce que tu as essayé de leur confier, ne toléreraient pas que tu vives sous leur toit. Le jour où tu as ouvert cette discussion, ton père a conservé son regard aigu quoique voilé de blanc par l'âge, un regard bien perpendiculaire à son buste émacié ; il n'a pas desserré ses lèvres fines. Ta mère ne l'a pas consulté pour te dire ce qu'elle pensait de ta nouvelle lubie et de ton goût malsain pour les excentricités. Depuis cette scène éprouvante, vous n'abordez plus du tout la question et tu te surveilles même pour la faire oublier.

Blanche s'écarte de toi mais tient tes mains dans les siennes.

– Attends au moins qu'on ait mangé le gâteau.

Tu ne dis plus rien. Tu acquiesces à contrecœur. Sofia va se servir un verre sur la longue table du buffet, où des saladiers et des plateaux d'argent s'alignent sur une épaisse nappe blanche bien repassée. Tu en profites pour te glisser dans le hall d'entrée, dont tu refermes la porte derrière toi. Sur une tablette, une coupe à moitié pleine d'un liquide pétillant et jaune côtoie un verre au fond duquel un cercle de liquide orangé commence à sécher. Une serviette en papier froissée traîne sur le carrelage. Tu la ramasses et la poses entre la coupe et le verre. Quand tu te redresses, tu sursautes en croisant un regard ; c'est le tien, écarquillé à la surface d'un miroir à moulure dorée.

Tu te mires. Tu te regardes et tu te dis que ça ne se voit pas. Ça ne se voit pas que tu aimes les femmes. Que tu étouffes, retranchée dans la plus petite pièce d'une maison étrangère comme dans un abri antiatomique. Et tu es venue ici de toi-même, alors que tu ne le souhaitais pas, avec un cadeau que tu n'as pas choisi. Tu as été chassée du jardin par des individus qui faisaient violence à ta délicatesse mais empêchée de rentrer chez toi par le caprice d'une prétendue amie qui sans doute n'aura plus une minute à te consacrer de toute la soirée, cette soirée dont elle est le précieux petit soleil. Et soudain, tu te demandes pourquoi tu es toujours si accommodante.

Tu es pourtant capable de résistance. Face à tes parents, tu as cédé sur bien des sujets mais tu as décidé de passer outre une interdiction particulièrement arbitraire. Chaque fois que tu te rappelles la scène brutale dont elle a découlé, tu es secouée de spasmes. Le même frémissement qu'à l'instant, quand Sofia t'a demandé si l'alcool te faisait draguer les filles. Dans ton esprit, ces frissons que tu ressens comme sismiques sont la traduction corporelle de l'humiliation. Ils reviennent chaque fois qu'un geste, un regard ou une phrase de tes proches te nie ou t'avilit. Les frissons s'étirent toujours entre ta nuque et ton sexe, tu ne sais pas au départ de quel point tant ils sont diffus ; les plus violents doivent être visibles de l'extérieur, ils te secouent par les épaules, se répercutent jusque dans tes hanches.

Le soir où ta mère, sous l'égide hiératique et silencieuse de ton vénérable père, t'a interdit de fréquenter Jasmine, ta seule véritable amie, ce n'était pas une dispute mais un réquisitoire à sens unique. Quelle raison peut bien avoir une adulte sans mari, une mère isolée, de côtoyer une jeune fille de ton âge ? Ta mère trouve suspect l'intérêt qu'elle te porte et, dans le doute, selon ses propres mots, préfère te protéger. Te protéger de quoi ? Des rares moments où tu ne te sens pas seule et inadaptée, en compagnie de la seule personne qui se soucie vraiment de ce que tu ressens ? La seule qui ne te traite pas comme un petit être fragile et un peu idiot qui ne sait pas ce dont il a besoin ?

D'ailleurs, si Jasmine était un homme, tes parents se réjouiraient que tu le fréquentes – même s'il était plus qu'un ami, et tu serais tout aussi mineure. Avant de dégoter son abruti d'Enzo, ta sœur Mona est sortie avec un étudiant, il avait vingt et un ans et ta sœur en avait à peine quinze. Il n'y a pas eu de drame, pas de hurlements, pas d'interdiction ; juste des commentaires sur le mariage et les enfants, assortis de quelques allusions à leurs rapports intimes que toi seule semblais trouver indécentes. Au bout de quelques mois, l'histoire s'est terminée mais ta mère continue de dire que c'est dommage, un si gentil garçon et qui fait de si belles études.

Tu as décidé de voir Jasmine en cachette. Tu as conclu qu'il n'était pas transgressif mais plutôt sain de se dérober à certains schémas de pensée qu'imposent les adultes, à certaines de leurs injonctions. De quel droit empêcheraient-ils deux personnes de se voir si elles ne représentent aucune forme de menace l'une pour l'autre ? Si, au contraire, elles s'apportent un peu de réconfort et d'affection dans un monde qui en prodigue avec une telle parcimonie ? Contrairement aux discours sur la prudence que tu as entendus toute ta vie, tu as l'intuition qu'il est parfois juste de désobéir. Quand tu t'introduis chez Jasmine avec la peur au ventre, tout ce que tu risques, c'est une punition.

Tu préférerais être chez elle, à cet instant. Jasmine n'a pas besoin de hurler ni de gesticuler pour combler un vide, Jasmine n'est pas vide, elle a toujours des choses à dire et une telle manière de les raconter que la moindre anecdote a l'air cinématographique. Parfois tu te dis, en l'écoutant, que l'important n'est pas de vivre des aventures spectaculaires mais de savoir observer sa vie, même la plus ordinaire des vies, avec un regard aussi aiguisé que le sien. Et d'avoir de l'autodérision. Tous ceux qui s'égosillent derrière la porte du vestibule feraient n'importe quoi pour paraître à leur avantage. Jasmine raconte volontiers la fois où son patron, qui ne cache pas son attirance pour elle, l'a invitée dans un restaurant chic. Tu as failli recracher ta citronnade par le nez quand elle t'a décrit la scène : les yeux arrondis du patron et le cri aigu qu'il a lâché quand elle a bu le rince-doigts. Rien ne pouvait faire plus plaisir à Jasmine que t'amuser à ses dépens.

Mais tu n'es pas avec elle, ce soir. Tu n'as pas su tenir tête à ta mère. Tu n'as pas voulu voir ses yeux rieurs virer au sombre comme un ciel d'orage. Elle est vraiment chouette, ta mère, te dit-on souvent, et certes elle est accueillante et drôle, elle a des expressions vieillottes qui font rire à tous les coups. Mais mieux vaut ne pas contrarier sa volonté. Ce soir, tu as pensé qu'il serait plus simple, moins fatigant, de te plier à ses désirs. C'était avant de te cloîtrer dans un hall d'entrée.

Tu ouvres ton sac à dos et en sors la pochette cadeau. Tu n'as même pas vu ces boucles d'oreilles. Tu remets la pochette dans le sac et en extrais maintenant le journal du rempotage ; un filet de poussière s'en échappe mais tu n'en aperçois pas la trace sur les tomettes. Tu regardes autour de toi d'un air coupable, comme si ton forfait involontaire avait été filmé. Tu ne vas tout de même pas demander une balayette ?

Tu cherches la page où tu as vu la photo du World Trade Center, tout à l'heure. L'article parle d'une ancienne ministre qui aurait comparé l'incendie de la cathédrale Notre-Dame à l'attentat : « C'est un peu notre 11 Septembre, d'une certaine manière. On se souviendra tous où on était quand on a vu les premières images de Notre-Dame. Moi, j'étais à l'île de La Réunion. » Tu es déçue. Tu ne t'attendais pas à une énième déclaration crétine de personnalité politique, avec une faute de grammaire en prime. Cet article est comme ce vestibule, cette maison, cette journée : il est trop petit pour toi.

Tu continues de feuilleter le journal. C'est samedi soir et tu es assise dans un escalier, dans une maison de lotissement cossu dont les murs vibrent d'une fête. Tu lis un journal de la presse quotidienne nationale pour la première fois de ta vie (celui-ci est le premier qui ait jamais pénétré chez toi) tandis que trente personnes sont en train de gigoter sur des musiques régressives. Une simple porte vous sépare. Tu parcours un article sur un roman qui vient de paraître ; l'article, bien qu'élogieux, ne te donne pas envie de lire le livre. Tu n'as rien contre les œuvres d'imagination mais certaines te mettent mal à l'aise, leur seul résumé te donne l'impression de regarder des adultes jouer avec des figurines en plastique. Tu te demandes soudain comment définir ce qui différencie ce type de romans de ceux que tu apprécies.

Prenons les romans sur le 11 Septembre, par exemple, tu en as lu plusieurs et tous ne te plaisent pas. Certains auraient aussi bien pu se passer sur un paquebot en perdition ou dans un centre commercial assailli par des braqueurs, il y est question d'héroïsme et il faut toujours qu'un homme et une femme tombent amoureux dans les gravats. Ceux-là racontent en quelque sorte des petites histoires dans l'histoire et le World Trade Center y est à peine plus qu'un décor. D'autres laissent les événements en arrière-plan et dessinent, comme sur un calque translucide, des lignes nettes qui ouvrent des perspectives plus vastes. Ceux-là s'attardent sur des aspects que ne montre aucune image connue. Parfois, tu n'es pas sûre de comprendre ce que tu es en train de lire et ton pouls s'accélère, comme si tu approchais de quelque chose d'important, de mystérieux : une révélation. C'est précisément ce que tu cherches dans les livres, mais aussi dans les films ou dans la musique.

La porte du couloir s'ouvre à toute volée, deux garçons de ta classe entrent en criant et tu sursautes si fort que le journal bondit hors de tes mains. Les garçons s'immobilisent net en te voyant, aussi surpris que toi, puis ils se regardent et attrapent un fou rire. Ils oublient ce qui les avait amenés là et retournent dans le salon sans fermer la porte, pliés en deux, se soutenant l'un l'autre pour ne pas tomber.

– Bé… prononce le premier, mais sa voix se perd en un gémissement. Benarif…

Ses poumons sifflent et l'autre garçon prend le relais :

– Benarif lit le journal !

On dirait son dernier souffle et ensuite son rire évoque presque des pleurs.

– Quoi ? demande la voix de Blanche.

– Sarah ? poursuit celle de Sofia.

Trois secondes plus tard, ils se pressent tous par la porte pour assister au phénomène. Des rires fusent, des visages se déforment, écarlates, certains sortent pour en laisser entrer d'autres. Blanche se contente de sourire doucement, la main posée sur la bouche ; elle a l'air de réfléchir à une nouvelle décoration pour le hall d'entrée. Sofia te regarde avec une expression de reproche, comme si ta disgrâce allait rejaillir sur elle et que désormais, où qu'elle aille, on allait murmurer, C'est l'amie de l'invitée qui lit le journal dans l'escalier.

Soudain, la scène t'évoque une des anecdotes de Jasmine. Un soir, quand elle était très jeune, elle était avec des amis dans un bar où l'on pouvait voir les toilettes depuis n'importe quelle place, que l'on soit installé à une table ou au comptoir. Il y avait des magazines gratuits sur des présentoirs et elle en a feuilleté un quand elle est allée faire pipi. Une affiche de concert qui occupait une pleine page lui a plu et elle a eu envie de l'épingler dans ses propres toilettes ; elle s'est dit qu'elle n'allait pas emporter le magazine entier, que ce serait un gâchis de papier parce qu'elle jetterait forcément le reste, mais qu'elle allait découper la page qui l'intéressait. Elle était en train de le faire, essayant de ne pas déchirer la page et de la détacher proprement, quand quelqu'un a ouvert la porte. Elle avait oublié le verrou. Ainsi les trois quarts des clients l'ont-ils vue assise sur la cuvette, le pantalon aux chevilles, arrachant une page de magazine avec application.

Tu te rappelles cette anecdote en voyant le visage congestionné de Sofia, qui a soudain honte d'être ton amie, et tu éclates de rire. Curieusement, tu te sens moins seule que la minute précédente : c'est comme si Jasmine était auprès de toi, assise deux marches plus haut, et riait avec toi.

Dimanche

Ici, tu es encore plus près de la rocade minière que tu ne le serais chez toi : à 140 mètres au lieu de 430. Quand tu longes en courant le côté nord du parc où tu t'entraînes, tu es à 90 mètres du panneau indiquant la bretelle de sortie la plus proche. Mais c'est dimanche et ta famille a souhaité se réunir au parc de la Glissoire. L'air est doux, le soleil s'étire dans le ciel sans nuages comme tu le fais sur la pelouse verte et grasse, les oiseaux chantent, l'autoroute bourdonne et les garçons se chamaillent. Ils ne te manquent pas, tes frères, depuis qu'ils ont pris leur autonomie en colocation dans un petit appartement qui sent l'herbe chaude.

– Me pousse pas, gros pédé, éructe Hicham.

Tu te redresses sur les avant-bras.

– Il y a un homosexuel obèse, ici ?

– Qu'est-ce que tu racontes, Sarah ? demande ta mère.

– Je croyais avoir entendu quelqu'un dire *gros pédé*.

– C'est parce qu'il me pousse, dit Hicham en frappant Fethi à l'épaule.

– Alors tu penses qu'il te fait du rentre-dedans. Ton propre frère.

– Sarah, gronde ta mère, ça ne va pas de dire des choses pareilles. Qu'est-ce qui te prend ?

– Mais oui, c'est moi qui ne vais pas bien.

Ton père, en altitude sur une chaise de camping, reste impassible. Ses mains ligneuses enveloppent les accoudoirs en plastique et l'on dirait du lierre mort. Personne ne saurait déterminer ce que perçoit son regard vague. Tu t'étends de nouveau et fermes les yeux. Tu feins de ne pas entendre ta famille commenter ta mauvaise humeur, ton retour prématuré d'un anniversaire, hier soir, alors que *The Voice* n'avait pas fini de gueuler dans le salon parental.

Tu aurais dû rester chez toi. Tu n'arrives pas à croire que tu as cédé, aujourd'hui encore. Tu es aussi désespérante qu'une droguée qui rechuterait chaque jour en se disant, C'est la dernière fois. Comme dans ce film hyperréaliste qui t'a tant fait serrer les dents, *Panique à Needle Park*. Ce matin, tu n'as pas eu le courage de négocier. Quoi ? Tu ne veux pas voir tes frères et bla-bla-bla ? Chaque fois que ta mère entame ce genre de couplet, tu as envie de dire oui pour clore la mélopée. Ce faisant, tu n'appuies pas sur stop mais sur pause, tu reportes seulement la nuisance sonore car Lila n'a pas qu'un tube à son répertoire :

– Une vraie ado, dit-elle maintenant, alors que tu glisses tes écouteurs dans tes oreilles.

Tu cherches le mp3 de secours que t'a concocté Jasmine pour les moments où tu n'en peux plus. Tu le connais presque par cœur maintenant, bien que l'enregistrement soit long et dense, et tu as tes passages préférés mais tu écoutes toujours l'intégralité, si possible sans interruption, avec un respect quasi religieux.

« Bonjour Sarah et bienvenue sur Jasmine FM, la radio sans serre-tête qui fait des couettes aux gens bêtes. Quelqu'un t'ennuie ? » Elle prend une très grosse voix. « C'est qui ? C'est qui ? Qui veut que je le boxe à l'anglaise, à la française, à la thaïlandaise ? Qui veut que je lui savate la rate et lui escrime la self-esteem ? Qui est prêt à relever une joute équestre à dos de poney, une joute nautique sans sa bouée, à se prendre une joute[1] de jiu-jitsu ? Qui est assez fou pour se risquer au kung-fu ? Qui n'a pas les foies d'un bon vieux pugilat ? À qui briserai-je le dos au judo, au kendo, au taekwondo ? Quelle est la face de rat qui se risquera contre moi à la capoeira ? Quel gladiateur ne craint pas ma fureur ? Quel catcheur se croit à la hauteur ? Qui est prêt à lutter pour tenter de garder son dentier bien entier ? Je vous conseille une chose, une seule : laissez ma Sarah tranquille, bande de tas de ramassis de... »

Tu ris sur la pelouse du parc, indifférente aux commentaires que soulève ton comportement, aux bribes de phrases qui te parviennent, les *pas bien dans sa tête*, les *grave* et les *pas nette*. Tu écoutes l'énumération suivante, celle d'insultes inventées de toutes pièces par Jasmine, du genre *glaire de baudruche*, et tu ris de plus belle. Ensuite, elle se fait toute douce pour te consoler, te chante des extraits de chansons dont les paroles s'enchaînent comme par magie.

« C'était DJ Jasmine rien que pour toi – raye les mentions inutiles : ce matin, ce midi, ce soir, en cette belle nuit étoilée.

1. Légère électrocution, dans le langage oral du Pas-de-Calais.

Maintenant, un intermède amusant. Quelle est la différence entre un crocodile et un alligator ? La réponse après la publicité : *Si tu as envie d'un jus de fruiii-iiit*, chante-t-elle, *Presse un fruiii-iiit, presse un fruiii-iiit.* Fin de la publicité. Alors, tu as trouvé ? La différence entre un crocodile et un alligator ? C'est caïman pareil, bien joué Sarah ! »

Ensuite, elle lit des poèmes et des articles de journaux caviardés de telle manière qu'ils deviennent absurdes et drôles. Entre deux lectures, elle passe des extraits musicaux tout aussi loufoques. Elle puise dans des chansons qui ne passeront jamais à la radio, des vieilleries comme ce morceau hawaiien de Kanui & Lula, *Tomi Tomi*, ou *Sous les palétuviers* que chantaient Pauline Carton et André Berley, ou encore *Bambú-Bambú* par Carmen Miranda. Les paroles sont composées de syllabes insaisissables et chantées si vite qu'elles te chatouillent les tympans comme des côtes. Tu te demandes par quel biais Jasmine a connu ces curiosités.

Toi aussi, tu essaies de découvrir des œuvres dont personne ne t'aurait jamais parlé. Presque tous les samedis après-midi, quand ta mère ne te réquisitionne pas, tu vas à la médiathèque de Lens et tu y restes longtemps. Tu lis la tranche des livres, pas uniquement des romans, et laisses ton instinct guider ta curiosité ; dans la section musique et vidéo, tu t'intéresses principalement aux bacs de CD dont le genre t'est inconnu et ne choisis jamais un film dont tu aurais déjà entendu le titre. Quand tu rentres chez toi, ta mère regarde les documents que tu as empruntés. Parfois, elle se moque de toi : Qu'est-ce que tu peux bien comprendre à ça ? demande-t-elle. Tu essaies de te donner un genre intellectuel ? Alors tu fais diversion pour rester calme, tu te chantes *Tomi Tomi*, sans les paroles puisque tu ne les connais pas. Tu mâchonnes mentalement, *bahilerum-rum-rum ram lapi-hapi tomi tomi* et tu te dis que les agressions verbales de ta mère ont encore moins de sens que ça.

Il y a plus, dans ces offensives, que le désir de te dévaloriser. Tu sais que si ta mère se penche sur tes centres d'intérêt, c'est uniquement pour s'assurer que tu ne lises pas de livres ou ne visionnes pas de films montrant des femmes qui s'aiment ou qui entretiennent des rapports ambigus. Elle le fait depuis le jour où elle a trouvé sous ton matelas un livre que tu avais acheté en cachette.

Tu avais quinze ans quand tu as entendu la documentaliste et un professeur parler de ce roman. D'après ce que tu avais compris, il racontait l'histoire de deux filles qui se rencontraient sur l'un des terrils que l'on peut voir depuis chez toi comme d'à peu près n'importe quel point de l'agglomération. Tu as trouvé la coïncidence incroyable et tu la trouverais plus incroyable encore si tu savais que je l'ai écrit – oui, moi : cette femme bizarre à qui tu as souri deux fois, l'été dernier. Après avoir surpris la conversation de la documentaliste avec un professeur, tu es allée à la librairie de Lens. Mon roman n'y était pas et, pour la première fois de ta vie, tu as commandé un livre et donné ton numéro de téléphone pour qu'on t'envoie un SMS quand il serait arrivé. C'était à la fois effrayant et grisant, un avant-goût de la liberté que l'on doit éprouver quand on ne rend de compte à personne.

Tu n'étais même pas arrivée à la page du premier baiser quand le livre démembré a précédé dans le bac de recyclable ma lettre et ma photo de toi parues dans le journal.

– Voilà que tu as des lectures orientées, maintenant, a dit ta mère.

Tu t'es demandé depuis combien de temps elle soulevait ton matelas pour voir si tu cachais des choses en dessous. Tu as compris que tu étais en prison, une belle prison confortable dont tu avais les clés, dont tu pouvais sortir à ton gré, mais où tu devais observer certaines règles et où ta cellule était fouillée en quête d'objets interdits. Tu n'as pas répondu. Tu étais pétrifiée, transpercée par l'humiliation et la terreur. Tu n'aurais pas su dire de quoi tu avais peur exactement. Une gifle t'aurait semblé anodine auprès de la violence qui était faite à ton intimité : ce n'était pas ça. Ce n'était pas non plus la peur de te retrouver à la rue, reniée par tes parents, tu ne pensais pas que c'était à ce point. C'était plus subtil. Tu te sentais sale. Coupable et sale.

*

Dans ta vie, ce n'est pas mon livre qui relève de la littérature orientée, mais tous les autres. Le régime de terreur étant efficace, tu n'as pas réitéré l'achat ni tenté l'emprunt d'un document comportant des amours féminines, de sorte que 99,99 % de tes lectures sont hétérosexuelles. Au lycée, le 0,01 % restant tient dans *Les Fleurs du mal*, qui figurait au programme de ton année, en première, encore que ton professeur se soit sans doute attardé sur « L'albatros » plutôt que sur « Lesbos ». De toute façon, Lesbos vue par un homme, fût-il Baudelaire, ne présenterait guère d'intérêt pour toi. Et chez toi, les seuls livres que l'on trouve sont ceux que tu y introduis après passage de la douane.

Tout, dans notre société, tient de la propagande hétérosexuelle. Notre langue même, notre langue maternelle est une langue patriarcale. Tu as un fiancé ? demande-t-on aux petites filles, ce qui leur laisse une perspective d'avenir très étroite, où le masculin et le féminin sont faits pour être unis par les liens sacrés du mariage. C'est induit dans chaque fibre du discours. La question du fiancé paraît mignonne et personne n'en perçoit l'obscénité : une petite fille est déjà, virtuellement, une matrice. Un corps censé accueillir un membre entre les cuisses puis un autre être humain dans son ventre, c'est sa vocation, qu'elle transmettra ensuite à sa descendance. Si cette petite fille n'aime pas jouer à la poupée, elle est *un garçon manqué*, raté, un individu né sans l'organe sexuel qui aurait fait de lui une entité acceptable. Petite violence.

Pour montrer son ouverture, un parent hétérosexuel se réjouira de préciser qu'un camarade de son rejeton a deux mamans (et non *deux mères*, qui sonne trop crûment : un peu de mièvrerie donne à l'anomalie un aspect plus bénin) ; nous avons ici affaire à un excédent de langage dont la fonction est tout sauf phatique car, à l'inverse, jamais l'on n'entendra le même parent dire que son enfant s'entend bien avec une petite fille qui a un papa et une maman. Mais *qui a deux mamans* est une précision automatiquement déclinée. L'enfant vierge de tout préjugé prend ainsi conscience, à travers les bavardages des adultes, qu'il y a une différence officielle entre les deux mamans du camarade et ses propres parents ; il devine qu'il existe une norme et de laquelle il s'agit ; au mieux, il apprend à considérer avec indulgence ceux qui ne s'y plient pas et deviendra lui aussi un adulte politiquement correct qui acceptera que des gens ne vivent pas comme lui, ce dont il faudra sans doute lui être reconnaissant.

Beaucoup pensent cependant qu'il vaut mieux dissimuler l'homosexualité aux jeunes gens, comme si elle s'attrapait, particulièrement avant la majorité. Mais pourquoi serait-elle contagieuse si l'hétérosexualité ne l'est pas ? En vertu de quelle logique ? Durant toutes les années que l'on dit cruciales dans la formation de la personnalité, j'ai été, comme toi, comme tout le monde, exposée à des discours et à des représentations exclusivement hétérosexuelles. Aucune ne m'a donné envie d'avoir une expérience avec un garçon.

Quand j'avais ton âge, un été, j'ai travaillé dans un laboratoire d'analyses médicales ; j'écrivais des courriers aux patients, comptes-rendus de prises de sang que je devais taper à la machine car nous étions aux balbutiements de l'informatique. Une secrétaire m'a fait recommencer une lettre que j'avais introduite par *Mademoiselle* plutôt que par *Madame*. Elle n'est pas mariée, ai-je rétorqué, plutôt satisfaite de l'attention que j'avais prêtée aux documents dont je disposais. Peut-être, m'a répondu la secrétaire, mais à son âge elle mérite bien qu'on l'appelle *Madame*. La patiente en question avait dans les soixante-dix ans. Je me rappelle la colère que j'ai ruminée ensuite et l'attention renouvelée que j'ai prêtée aux expressions toutes faites et à ce qu'elles dénotaient. Comme *vieille fille*, que l'on entendait souvent, à l'époque, et dont je me disais que j'en écoperais un jour puisque je ne me marierais jamais.

Madame, me disais-je, est donc le titre auquel une femme a droit dès lors qu'elle a renoncé à son nom, à savoir celui de son père, pour prendre celui d'un homme dont elle devient dès lors la possession officielle. En vertu du respect dû aux aînés, la *vieille fille* a droit au titre honorifique de *Madame* en guise de consolation pour n'avoir pas su *garder un homme*, voire pour n'avoir jamais *essayé les garçons*. Note que la plupart des hommes qui tiennent ce type de langage n'ont jamais essayé les hommes, eux non plus ; ils n'en ont pas éprouvé le besoin pour affirmer leur sexualité. Pas plus qu'un certain nombre de femmes, mais on soupçonnera ces dernières d'être passées à côté de quelque chose (du *Madame* et de ce dont elle est censée rêver) en n'ayant pas tenté l'exercice.

Non, mon roman ne risquait pas de bouleverser ta sexualité, il n'aurait fait qu'atténuer le sentiment de solitude dont tu souffres. Je l'avais écrit pour ça. Pour que des jeunes gens ne pensent pas, comme je le croyais à leur âge, être les seuls homosexuels du bassin minier, sinon du monde. Le jour de la confiscation, tu as compris que tu n'étais pas là pour t'épanouir mais pour te conformer ; que ta souffrance n'était rien au regard de l'ordre établi.

*

– Tu ne lis pas, aujourd'hui ?

Ta mère a crié si fort que tu as sursauté. Elle devait penser que tu écoutais de la musique à fort volume et risquais de ne pas l'entendre. Elle te regarde avec un sourire dont le plissement de son œil droit est le bémol. Ton père s'est endormi sur sa chaise en toile, Mona et Enzo regardent leurs téléphones en mâchant du chewing-gum avec une application lasse, comme s'ils étaient payés pour ça.

– Pas de bouquin tancarville ? glousse Fethi.

Et tout le monde glousse avec lui. Même Mona sourit en coin sans quitter des yeux son petit écran. L'expression est tirée d'une anecdote. L'étendoir à linge que vous utilisez l'hiver reposait sur quatre roulettes avant que Fethi et Hicham n'en cassent une en jouant au football dans le salon avec une balle de tennis, un jour de pluie. Désormais, il faut trouver un objet de la hauteur d'une roulette chaque fois qu'on le déplie, pour qu'il ne soit pas bancal. Un jour, tu cherchais désespérément le livre que tu venais d'emprunter à la bibliothèque, tu avais même vérifié que tu ne l'avais pas mis au freezer dans un moment de distraction.

– Qu'est-ce que tu as à tourner dans tous les sens en râlant ?

– Je ne trouve pas mon livre. Je me revois le poser là.

Tu as tendu la main vers la commode auprès de laquelle séchaient les slips de tes frères, et ton regard est tombé sur le livre, qui servait de cale au tancarville. Seul ton père n'a pas éclaté de rire, sans doute n'avait-il pas suivi ce qui se passait. Il était assis dans son fauteuil, un fauteuil en cuir patiné par les ans avec un napperon en crochet sur le dossier ; les mains sur les genoux, il regardait la télévision allumée en sourdine. Hicham, Mona et Fethi, quant à eux, n'arrivaient plus à respirer tant ils riaient.

– C'était exactement le bon format, a dit ta mère. Le format roulette.

450 pages. *Le format roulette*, en langage Benarif, ou *bouquin tancarville*. Et maintenant tout le monde attend ta réponse.

– Je n'ai pas pu aller à la bibliothèque, hier, je devais porter des packs d'eau dans la foule. C'est un sport très à la mode, nous étions nombreux à le pratiquer.

– Mais tu as toujours le journal, marmonne Mona.

– Qu'est-ce que tu dis, Chiffon ?

– Le journal du rempotage.

– Le journal recyclable ?

Oh non, penses-tu. Pitié, pas ça. Enzo émet un son disgracieux en soufflant entre ses lèvres pour indiquer son hilarité, montrer qu'il connaît déjà la bonne blague. Ni Mona ni lui ne quittent des yeux leur téléphone, de sorte que Mona ne voit pas le regard accusateur que tu lui lances.

– Elle l'a lu dans l'escalier de Blanche, dit-elle en mâchant.

– Pendant la fête, ajoute Enzo de sa voix en pleine mue.

– J'ai vu la sœur de Théo, ce matin, elle était dans mon club de gym quand j'y allais.

Cette fois, elle lève la tête vers toi. C'est à toi qu'elle s'adresse, avec des yeux qui demandent pardon. Tu restes bouche bée, étudiant ce visage dont émane une forme de douleur, une crispation juste au-dessus des sourcils taillés géométriquement. Ça n'a pas de sens, te dis-tu : rien ne l'obligeait à divulguer cette information, or elle a semblé le faire à contrecœur, comme si elle accomplissait un devoir qui lui pesait.

Soudain, tu as l'impression que tu ne la connais pas. À quel point d'intimité (ou de promiscuité) peut-on estimer connaître quelqu'un ? Est-il possible de connaître quelqu'un si la proximité ne s'accompagne pas de complicité ? Tu jurerais à cet instant connaître Jasmine mieux que ta sœur. Tu comprends que tu ne te poses pas les bonnes questions, du moins dans ce contexte, quand ta mère se masse les ailes du nez, faisant danser ses lunettes sur le bout de son pouce et de son index.

– Je me demande pour quoi on va encore passer.

Non seulement tu ne discernes pas bien la psychologie de ta sœur, mais tu ignores surtout les règles élémentaires de la vie en société. Ce qui se fait ou pas, ce qui est la honte ou la gloire, ce qui se déplace autour de toi quand tu bouges, sans même que tu y touches. Le papillon de Lorenz maîtrise-t-il les répercussions de son battement d'ailes ? N'y a-t-il que toi qui navigues à vue ? Tu as souvent l'intuition d'avoir raté les instructions nécessaires à la vie en société, dans un moment de distraction originel. Chaque fois que cette impression revient, tu te sens atteinte d'un handicap léger.

– J'avais dit que je ne voulais pas y aller. Si tu n'avais pas insisté…

– Tu peux m'expliquer ce qui ne va pas chez toi ? t'interrompt ta mère.

Non, tu ne le pourrais pas. Ce serait trop difficile à formuler. Parce que ce n'est pas précis, ça ne tient pas juste à une chose mais à un faisceau d'éléments, certains concrets, d'autres impalpables, beaucoup que tu serais bien en peine de nommer. Tu en reviens à la question de la complicité, ou peut-être est-ce une forme d'empathie, qui fait que Jasmine sait ce qui ne va pas chez toi sans que tu aies besoin de lui fournir des graphiques, alors que tu la vois trois fois par semaine, en coup de vent et en catimini. Ta mère, elle, essaie depuis dix-sept ans, chaque jour, de faire entrer ton cercle dans un trou carré. Tu ne te sentirais pas plus seule sur une île déserte.

*

Tu es une île déserte.

Lundi

La superficie de la Terre est de 510 067 420 km². L'information te tire de ta rêverie et tu la notes dans ton cahier avant de l'oublier. C'est à la fois énorme et pas assez. Pas assez quand tu penses au nombre d'arbres qu'il faut abattre pour en tirer tout le bois, le carton et le papier qu'utilisent chaque jour sept milliards d'individus. Trop quand tu te dis que, quelque part dans cette immensité, quelqu'un est fait pour toi.

De nouveau, te voici partie dans tes rêveries. Tu te demandes si elle a des cheveux crépus comme les tiens ou le crâne rasé comme moi, si elle a l'âge de ta jeune amie Rose ou plutôt celui de Jasmine, quelle est la couleur de sa peau, sa chanson préférée, si elle est aussi gourmande que toi, si elle aussi aime courir, et tu espères qu'elle ne parle pas de sexe de manière aussi triviale que ne le fait Lou.

Peut-être vit-elle dans un pays dont tu ne connais pas le nom, comme l'État de Niue, une île de 260 km² au nord-est de la Nouvelle-Zélande. Ou peut-être était-elle dans le même supermarché que toi, samedi après-midi, quand tu accompagnais ta mère en grognant. Elle aurait pu passer à deux mètres de toi sans que tu la voies, ou même à un mètre, pour peu que quelqu'un se soit tenu entre vous, sur la pointe des pieds, pour atteindre une boîte de légumes en haut d'un rayonnage. Il est possible, hélas, qu'elle échappe à ton regard alors même qu'elle se tient à un mètre de toi – bon, à moins d'un mètre, ça devient peu probable.

Tu calcules. 1 km² = 1 000 000 m². Donc la superficie de la Terre est de 510 067 420 000 000 m². Ce n'est pas possible, estimes-tu, parce que c'est trop carré, or la Terre est ronde. Un nombre qui se termine par sept zéros n'est jamais crédible. Il faudra pourtant t'y faire : même si tu consacrais le reste de l'heure à des opérations compliquées plutôt qu'écouter le professeur, tu ne trouverais pas les nombres premiers les plus proches de ce nombre à quinze chiffres. Dans une marge de ton cahier, tu écris :

il faut toujours que je tombe
pile sur l'un des
510 067 419 999 999 m²
que tu n'occupes pas
je vais finir par croire
que tu te caches

*

Depuis notre rencontre muette, je suis revenue sept fois au parc, toujours le mercredi entre 10 h 30 et 11 h 30 : le jour et l'heure où je t'avais vue t'entraîner, cet été, deux semaines de suite. Le mardi 14 août, comme je le craignais, tu n'y étais pas. Je ne pouvais pas venir le 15, les horaires des trains régionaux étant clairsemés les jours fériés. Cette fois-là ne comptait pas vraiment, mais le mercredi suivant, 22 août, j'avais préparé ce que je voulais te dire. Aurais-je trouvé le courage de t'aborder si tu étais venue ? Nous ne le saurons jamais.

Ma visite suivante a eu lieu le jour de mon anniversaire ; il tombait un mercredi, ce qui avait attisé mes penchants superstitieux, sans me porter chance. Pendant plusieurs semaines, j'avais imaginé que nous étions nées le même jour, à plus de vingt-cinq ans d'écart. Le 12 septembre, j'ai pénétré dans le parc avec l'espoir que tu t'y trouverais aussi et que nous finirions par nous souhaiter mutuellement un bon anniversaire. Le 24 octobre, j'ai mené l'enquête à défaut de te voir. Le 2 janvier, le 13 février, le 10 avril, j'ai mis un bonnet au cas où mon signalement aurait été diffusé dans ton quartier à la suite de mon enquête.

Que la récurrence ne se soit pas confirmée en une régularité m'empêche de bâtir un enchaînement logique. Si ton créneau d'entraînement a changé, combien de temps me faudra-t-il pour découvrir le nouveau ? C'est à croire que tu es toujours à l'endroit exact où je ne suis pas. Je ne t'en fais pas le reproche. Je te souhaite d'être aussi insaisissable que le vent.

Ce matin, alors que je courais au milieu des champs, il me semblait nager dans un océan. Une joie tapageuse rendait tout effort inutile, je dansais et bondissais, le corps solide et léger à la fois. Là, j'ai savouré cette solitude qui éclaire notre place au sein du monde ; je sentais viscéralement que je faisais partie d'un tout. Je me demande si tu connais ce type d'émotion, si tu sors parfois du parc pour laisser la fantaisie de tes pieds te mener jusqu'à des territoires inconnus. Bien que la rigueur de tes entraînements semble à l'opposé du lyrisme qui me porte, je refuse de croire que tu cours par esprit de compétition. Dis-moi que tu connais cette adéquation parfaite et lumineuse entre le corps et l'esprit, détachée de tout objectif, de tout enjeu.

Tu tournes autour du terrain sans déborder, dans le sens inverse des aiguilles d'une montre, tandis que je ne cesse de reporter les limites de mon territoire, abordant de nouvelles zones à mesure que l'espace s'étrécit dans ma perception. Quand mon regard a fini par s'émousser, quand je peux anticiper à chaque instant ce que me réservera l'instant suivant, quand le dessin des rues m'apparaît comme vu du ciel et que je ne doute plus jamais de leur agencement, il me faut aller plus loin. C'est un éperdu glissement de terrain, au point qu'en trois ans mon aire d'action avait atteint 150 km^2. Le terrain autour duquel tu cours a une superficie de 0,011 km^2.

Sur l'une des photos que j'ai prises de toi (deux tiers dos, la seule des trois sur laquelle tu ne consultes pas ton téléphone à travers la pochette plastifiée de ton brassard), tu marches entre deux sessions de course, la tête légèrement baissée ; tu regardes le sol. Que vois-tu ? Ton regard perçoit-il encore le parc, le passage des saisons, des chiens et des centres aérés sur ses pelouses et ses chemins fissurés ? Le grain du bitume plus vieux que toi s'imprime-t-il dans la musique versée par tes oreillettes et inversement, de sorte que, si tu pars vivre ailleurs ta vie d'adulte, de passage chez tes parents, un dimanche futur, apercevant le parc Gagarine à travers la perspective syncopée des courtes perpendiculaires, telle chanson affleurera spontanément à ton esprit et l'engourdira d'une sensation paradoxale, celle d'une familiarité si révolue qu'elle deviendra étrangeté ?

Imaginons que, devenue adulte, tu vives dans une plus grande ville (ce que sont tant de villes, dans le bassin minier comme ailleurs), et que, quand tu reviens sur le territoire de tes jeunes années, tu décoches au parc un regard dédaigneux encore plus cruel que ne le serait un soupir de soulagement. Je peux ressentir quelle serait la désolation du parc. Si tu le frappes de ton mépris, il n'aura plus qu'à s'affaisser sur l'autoroute, ce sera comme si tu avais brûlé le quartier derrière toi en partant. De cela non plus je ne te ferai pas le reproche, bien sûr, je veux bien que tu aspires à être plus que l'âme d'un parc municipal. Je veux bien que tu aspires à la grande ville qui miroitait à mes yeux quand j'avais ton âge.

*

Tu scrutes les environs avant de pousser la porte de la résidence HLM où vit Jasmine. Son fils joue avec d'autres gamins sur le rectangle d'herbe clairsemée qui borde le bâtiment. Tu es accueillie par l'odeur fortement rémanente du détergent. Elle emplit l'espace commun, le hall, les couloirs et jusqu'à la cage d'escalier. Cette odeur de propreté trop puissante, dont tu ne saurais décrire la fragrance, sera toujours liée dans ta mémoire à ce bâtiment décrépit et cependant réconfortant où tu retrouves ton amie, mais aussi à la peur d'être prise en faute. Un parfum paradoxal parfaitement approprié à la circonstance. Une fois au deuxième étage, tu appuies brièvement sur la sonnette stridente. Sur la plaque de nom, Jasmine a écrit Billie Holiday ; quand un employé du gaz ou un livreur sonne chez elle et lui dit Bonjour, madame Holiday, elle est enchantée, elle peut en rire pendant des jours.

Jasmine t'embrasse sur la tempe et te laisse entrer dans son appartement. Tu souris en apercevant le petit tricycle renversé au beau milieu du couloir. À l'inverse de toi, Jasmine n'est pas une férue de rangement. Tu ne pourrais pas vivre dans un tel désordre mais tu trouves sa négligence attendrissante et au fond cet appartement te paraît bien plus vivant que ta chambre, où chaque chose est à sa place – particulièrement depuis qu'il n'y a plus jamais rien sous le matelas.

– Quoi de neuf, chaton ?

– Je me sens perdue dans un monde trop grand. Cinq cent dix millions de kilomètres carrés, tu te rends compte ?

– Arrête, je suis sûre que la superficie de la Terre ne peut même pas se compter en kilomètres carrés, ou alors à puissance je ne sais combien.

– C'est déjà pas mal, cinq cent dix millions. Regarde, je l'ai noté dans mon cahier.

Tu cherches la page pendant que, rituellement, Jasmine fait chauffer le lait pour ton chocolat.

– Hum, dit-elle, mais tu avais bu.

– N'importe quoi.

– Tu avais tellement rêvé que c'était comme si tu avais bu un litre de vodka pure.

– Ou un rince-doigts.

– Petite conne. 510 067 420 km^2, lit-elle. Trop carré, je n'y crois pas.

– Moi non plus, mais…

– Comment se fait-il que tu boives du chocolat comme les enfants ? Quand mon fils sera passé au café, dans une dizaine d'années, je parie que je devrai acheter du lait rien que pour toi. Jamais tu ne prendras l'apéro avec moi.

Le lait frémit, elle retire la casserole du feu et le verse sur le petit tas de chocolat en poudre au fond de la tasse tout en fredonnant : *Somebody loves me, I wonder who, I wonder who he can be.* Il y a dans sa voix une légère fêlure, plus prononcée quand elle chante que quand elle parle, et chaque fois ce timbre te rend nostalgique mais tu ne sais pas de quoi. Peut-être tout simplement de l'amour que tu n'as pas pu vivre avec elle, bien que depuis longtemps déjà tu te contentes – te réjouisses, même – d'être son amie. Quand tu es entrée chez elle pour la première fois, les mains moites et le souffle court, tu as vu les jouets colorés joncher le linoléum et tu as tout de suite compris que tu avais mal interprété les sourires de Jasmine. *Somebody loves me, I wonder who, Maybe it's you.*

– Qu'est-ce que tu chantes ?

– Gershwin. C'est ton poème qui m'a mis cette chanson dans la tête.

– Quel poème ?

– Celui que tu as écrit dans ton cahier. Tu veux entendre la chanson ? Je dois en avoir cinq versions.

– Il en existe plusieurs ?

Alors Jasmine t'explique dans l'envergure de ses bras le principe d'un répertoire musical, t'indique en quelques gestes des mains ce qui est spécifique aux standards de jazz, puis enfile entre ses doigts les thèmes, divers soli et reprises de thèmes comme de minuscules perles, précise que d'une version à l'autre l'instrumentation change, le tempo, parfois même la tonalité, sifflote quelques improvisations pour la démonstration, fredonne un scat, tape du pied, cite des noms, des titres et des groupes de syllabes dont tu ne saurais déterminer s'il s'agit de noms ou de titres. Tu y es : dans un de ces moments où tu te sens privilégiée parce que Jasmine t'ouvre des champs d'exploration insoupçonnés. Parce qu'elle t'estime digne de l'écouter. Quand tu lui demandes de répéter, de reformuler ou de préciser, elle le fait sans condescendance. Maintenant elle cherche un fichier sur son ordinateur tandis que tu sirotes ton chocolat chaud.

– Écoute cette version d'Aileen Stanley, ce doit être l'une des premières puisqu'elle date de 1924, l'année de la composition.

Quand elle clique sur le mp3, un souffle granuleux s'échappe des enceintes. Puis la musique débute et on la croirait jouée dans un abri de jardin comme celui de ton oncle, avec un toit en tôle ondulée, par des musiciens qui souffleraient dans des trompettes en plastique de fête foraine. La voix semble venir du bout d'un tuyau en fer rouillé. Le son global tremble, oscille à la manière d'une roue voilée, on dirait même que la vitesse change par vagues. Quand la chanson est terminée, Jasmine soupire d'émotion.

– Cet enregistrement a presque un siècle, dit-elle. Ça change de l'Auto-Tune, hein ? Il n'y avait même pas encore de mixage, à l'époque, on enregistrait tout en même temps. Il s'agissait de jouer et de chanter juste.

– En tout cas, dis-tu, on n'entendrait plus ce type de paroles. Aujourd'hui c'est plutôt, Eh les filles, désolée de faire tomber vos mecs comme des mouches.

Tu indiques son ordinateur et Jasmine te fait signe d'en disposer comme tu veux. Tu cherches une chanson de Santigold sur Internet, *Don't Blame Me*, et Jasmine attend, assise sur un accoudoir de son canapé.

– Je n'arrive pas à ne pas aimer cette chanson, pourtant c'est exactement ce qu'elle raconte.

– Désolée, les filles ?

– Oui, écoute.

– C'est un peu dancehall, remarque Jasmine dès l'introduction, et elle se trémousse sans se lever.

– Tu vois, c'est irrésistible. Mais est-ce que tu as envie de danser en écoutant quelqu'un dire, Si ton mec pense à moi dans mon petit short et qu'il devient fou, etc. ?

– Oh oui, surtout si c'est toi qui le chantes !

Jasmine se laisse tomber de l'accoudoir, rebondit sur le coussin et pédale en l'air pour accompagner son rire. Tu espères que, quand tu auras son âge, tu seras aussi fantasque et aussi belle qu'elle. Oui, à défaut d'être celle qu'elle aime, tu veux bien devenir un peu comme elle. Mais quand tu la vois battre des jambes sous le plafond de son T2, tu te sens prisonnière de ton corps et de ton éducation, dans la camisole de ta retenue, et tu te dis que même ça, ce n'est pas gagné. Tu te fais l'effet d'un papillon épinglé sous une vitre. Jasmine redresse le buste et, la tête entre les genoux, te dit très sérieusement :

– Bon, ce n'est pas de la musique, ton truc, tu es d'accord ?

– Qu'est-ce que c'est alors ?

– OK, je suis une vieille conne. Pardon. Je reformule : c'est de la musique commerciale, ton truc, tu es d'accord ?

– Un peu, admets-tu en haussant les épaules, et à ta propre surprise, tes yeux se mettent à piquer.

– Oh, mon lapin ! Je ne voulais pas te blesser, je n'avais pas compris que tu étais si attachée à cette, euh, musique, certes plus rythmée que raffinée, mais très, très efficace.

Elle saute sur ses pieds pour t'envelopper dans ses bras et te fait basculer d'une jambe sur l'autre en une berceuse énergique. Tu te raidis, de crainte de lui écraser les orteils. Jasmine est toujours pieds nus, alors que son appartement est dangereux. Un jour, elle a eu l'écharde la plus inhabituelle : un casque de chantier Lego. Elle était en train de danser sur un morceau d'Aretha Franklin, les bras en l'air, et elle sautillait aussi haut que possible.

– Tu ne m'en veux pas ?

– Non. Je ne sais pas ce que j'ai à pleurnicher. Je crois que je suis un peu fragile en ce moment.

– Raconte-moi ce fucking anniversaire.

*

Sans doute étais-tu en cours, le 12 septembre, me suis-je dit pour me consoler de ton absence, levant les yeux au ciel de ma propension à imaginer des solutions qui reportent l'inévitable déception. En roulant doucement dans les rues de ta petite ville, juchée sur mon vélo, j'ai repéré un panneau À VENDRE sur un pavillon blanc de plain-pied. J'ai pris rendez-vous avec l'agence immobilière pour la semaine suivante et la possibilité de revenir sur le territoire que j'ai fui à ton âge est brutalement devenue très concrète. Qui sait si nos chemins ne se croiseront pas bientôt ? Si je ne viendrai pas m'installer près de chez tes parents tandis que tu entameras ta vie adulte dans la ville dont j'ai depuis longtemps épuisé les charmes ?

Dans mes rêveries, j'habite le pavillon blanc, tu as le double de mes clés et tu te sens chez moi comme chez toi. Parfois, au retour de Lille, où j'ai rendu visite à mes amis, je te trouve sur le canapé, un livre de ma bibliothèque entre les mains tandis que, vautrée sur toi, Dame Sam lave les coussinets de sa patte antérieure gauche. Dame Sam est la chatte qui a choisi de vivre avec moi, il y a seize ans. Elle m'a délibérément suivie dans la rue, un soir que je rentrais du cinéma, et ne m'a plus quittée. Maintenant, vous êtes toutes deux dans ma maisonnette et tu t'y meus très librement, avec une confiance aussi complète que celle de Dame Sam. Parfois, tu me demandes ce que nous écoutons et tu ne dis pas, Ce n'est pas de la musique, comme beaucoup le font quand ils entendent ce que j'aime, parce que ton oreille est curieuse et inaltérée.

Parfois, je t'initie à la musique expérimentale et parfois nous écoutons Santigold, nous dansons sur *Banshee* et sur *Don't Blame Me* en sautant le plus haut possible et en mâchonnant les paroles idiotes, tandis que *Run the Road* est notre hymne : *I believe in the rhythm of the road / I don't got a need for so much more / That kind of free, kind of freedom is all I want*[1]. Parfois j'essaie de suivre tes pointes de vitesse autour du stade et parfois je t'emmène courir très loin, dans la nature, au milieu des champs, des bois et des pâtures. Quand nous revenons vers la ville, s'il nous faut nous arrêter à un feu rouge, nous avons une chorégraphie qui ne requiert qu'un mètre carré de bitume, la plus petite discothèque du monde, et dont le tempo est celui de notre foulée.

Tu m'aides à faire le jardinage parce que j'ai peu de patience et encore moins de talent pour ça. Avec toi, soigner les végétaux devient un jeu et les fleurs, les arbres et les légumes s'en réjouissent. Mon jardin est si paisible que les lapins y viennent sans crainte, depuis les terrils et les champs qui l'entourent. Un jour, par la fenêtre de la cuisine, nous

1. « Je crois au rythme de la route / Je n'ai pas besoin de grand-chose de plus / Ce genre de liberté, c'est tout ce que je veux. »

en voyons un se rouler sur le dos comme un chat, pour que le soleil lui chauffe le ventre. Les lapins ne font pas ce genre de choses, bien sûr, mais chez moi, si. Un autre jour, alors que nous préparons un barbecue de tofu et d'aubergines, tu t'exclames : Non mais il est tranquille, lui, il m'a marché sur le pied ! Tu recroquevilles les orteils et le lapin fautif se retourne vers nous, l'air de nous demander où est le problème.

Nous fabriquons des choses. Nous fabriquons de nos mains une boîte aux lettres en forme de chalet sur laquelle nous peignons des Mickey difformes et nous rions tellement, la joue écrasée dans la pelouse, que nous avons mal au ventre. L'été, il y a une piscine gonflable dans le jardin et elle s'affaisse un peu sous notre poids dès que le soleil a ramolli le plastique ; avant midi, l'eau est chaude. Elle ne sert à rien, dis-tu en la considérant avec quelque chose comme de la pitié, avant de sauter dedans. Dame Sam, éclaboussée, s'éloigne avec mauvaise humeur. Dans ma maison du bassin minier, tout est ludique et l'on n'y fait rien mécaniquement ou par obligation ; on s'accorde le luxe de la lenteur en cette vie, pour se préparer au néant qui la suivra. Oui, c'est comme un entraînement à l'éternité.

J'aime aussi beaucoup la fois où tu arrives alors que je suis en train de boire le thé avec une amie qui pourrait être ta grand-mère. Je vous laisse seule à seule pour aller préparer ton chocolat dans la cuisine et je souris parce que je devine pourquoi tu n'es pas à l'aise. Tu t'attends à devoir répondre à des questions sur ta vie scolaire, et as-tu un petit ami et que font tes parents ? Mais Brigitte n'est pas le genre de grand-mère que tu imagines, elle te raconte son dernier PV pour insulte à agent et je n'ai pas encore allumé le gaz sous la casserole que ton rire me parvient, ton rire le plus franc, quand tu as la tête renversée ou striée d'herbe. Plus tard, tu me demanderas de ses nouvelles comme je te demanderai des nouvelles de Jasmine, et peut-être jouerons-nous à la belote, toutes les quatre, certains samedis soir. Pour l'instant, le lait d'amande chocolaté chauffe dans la casserole, car chez moi tu apprends à ne pas consommer d'aliments issus de l'exploitation animale.

Et la vie est si belle que chacune de nous, le matin quand elle s'étire, qu'elle ouvre les volets ou entend frémir l'eau du thé, chuchote merci, pour personne en particulier. Puis j'ai fini de courir, j'éteins la musique expérimentale ou celle de Santigold, ça dépend des jours. Je fais mes étirements et l'endorphine se dissipe dans mes veines, alors je me rappelle que tu n'es pas mon amie, que tu n'as pas les clés de chez moi et que chez moi, c'est ici. Dans une grande ville asphyxiée de particules fines.

*

Quand tu peux lire, tu t'endors assez facilement. Il te suffit d'attendre que tes yeux se ferment plusieurs fois sur le même paragraphe, même s'il est très tard, ce n'est pas l'important. L'important, c'est de ne pas laisser ton esprit ressasser des questions sans réponse au point de perdre le sommeil. De ne pas garder les yeux écarquillés dans le noir comme dans une tombe, ce que tu fais aujourd'hui, faute d'un livre sur lequel te concentrer. Tu sais que la nuit, tout est amplifié. Les sons, l'immobilité, le désir et la peur. Tu as longtemps pensé que le désir était une meilleure option que la peur mais un désir qui n'est pas assouvi finit par être douloureux, lui aussi. Il arrive que tu t'en libères toi-même, mais chaque fois tu le fais avec un terrible sentiment de culpabilité. Parfois, l'idée de la transgression augmente ton plaisir et l'accélère, mais parfois tu dois t'interrompre car tu peux te voir de l'extérieur, avec les yeux du dégoût.

Peu après la discussion inutile que tu as provoquée, il y a presque quatre ans, ta mère a commencé à pousser des cris quand elle te voyait en sous-vêtements. Non que tu te sois jamais promenée dans la maison en petite tenue, mais chez toi personne ne prend la peine de frapper à une porte avant de l'ouvrir, or il est des circonstances du quotidien où il faut bien se dévêtir. Se doucher. Se changer. Ce ne sont pas des cris d'horreur, pas vraiment. Même pas le genre de cri qu'on pousse en voyant une araignée charnue dans la baignoire, mais plutôt celui qu'on lâche quand on voit une limace sur la terrasse. Rien de grave.

Tu as développé des stratégies pour faire ces choses quand tu sais que ta mère est occupée à une activité qui va lui prendre un certain temps, mais ce n'est pas une science exacte. La dernière fois qu'elle a poussé le cri, elle venait de brancher le fer à repasser, comment pouvais-tu deviner qu'elle avait oublié une chemise dans la salle de bains ? Pourquoi n'y a-t-il pas de verrou à cette fichue salle de bains ? Pourquoi dois-tu te sentir sale même quand tu te laves ?

Quand tu cours, tu es en phase avec ton corps. Tu parviens à lui faire accomplir des performances honorables, à le tenir fermement sous la coupe de ta volonté. Si tu n'avais pas cette volonté, si tu ne courais pas mais te contentais de traîner les pieds comme le fait Mona, tu ne sais pas ce qu'il adviendrait de ce corps. Tu le noierais de graisses saturées, ou au contraire tu cesserais de l'alimenter jusqu'à ce qu'il disparaisse de ta vue. Tu n'en es pas là. Mais le désir reste compliqué, tu as l'impression que tout le monde le voit, qu'il s'étale sur ta peau, aussi indélébile et répugnant qu'une tache de gras.

Et puis le désir est stupide. Dans ton club d'athlétisme, il y a Domitille. Tout en elle t'exaspère, son prénom, sa voix, ses manières arrogantes, ses vêtements fluorescents, sa queue-de-cheval qui se balance à la manière d'un métronome et vous impose à toutes son tempo. Une nuit, un désir purement hormonal t'a submergée inopinément et tu as imaginé le corps nu et humide de Domitille. Vous étiez les dernières à quitter le terrain après l'entraînement, les dernières dans la salle de douche envahie par la vapeur d'eau comme par une brume, et elle te collait au mur, là, sous la douche, et approchait de toi sa bouche entrouverte. Tu te révoltais : Non, pas elle ! disais-tu à ton inconscient, mais déjà elle effleurait tes lèvres à travers ta main et ta respiration s'accélérait sans que tu puisses la retenir. Domitille te regardait droit dans les yeux avec sa défiance habituelle et, à ce moment précis, ce n'était pas horripilant mais succulent. Pendant plusieurs jours, tu as envisagé de quitter le club, puis tu t'es apaisée. Tu n'as plus jamais posé les yeux sur Domitille et tu la hais plus que quiconque au monde.

Par moments, ta colère est si grande, si oppressante que tu pourrais te jeter sous un train, mais tu penses à celle qui est faite pour toi et qui t'attend quelque part, alors toi aussi tu attends. Un jour, tu oublieras la colère et tout ce qui l'a provoquée. Tu n'auras plus une seconde à lui consacrer parce que tu essaieras d'absorber autant de bonheur qu'il est humainement possible en cette vie. Tu y penses avec soulagement, ce soir, et tu fermes les yeux sans devoir contracter les paupières de toutes tes forces.

Tu essaies d'imaginer son visage ; tu essaies de lui choisir un nez, comment choisit-on un nez ? Il faut qu'il suive avec le reste, c'est toute la difficulté. Le tout est supérieur à la somme des parties, te dis-tu, et tu souris d'appliquer cette formule d'Aristote au choix d'un nez. Tu te concentres tellement sur les combinaisons possibles de nez et de bouches que tu glisses vers le sommeil sans en avoir conscience. Tu t'en aperçois quand une contraction musculaire brutale fait tressauter ta jambe gauche sur le matelas. Tu clignes des yeux dans le noir. À la bibliothèque, dis-tu. Elle était à la bibliothèque, samedi après-midi, et je n'y étais pas.

Mardi

Évidemment, te dis-tu en mangeant tes céréales : la bibliothèque. Quelqu'un comme toi ne risque pas de rencontrer le grand amour dans une boîte de nuit, un vide-grenier, ni même au club d'athlétisme (ce serait déjà fait). La radio est allumée dans la cuisine mais tu ne l'écoutes pas. Tu as l'impression qu'elle envoie des signaux depuis une autre galaxie, puis tu te rappelles qu'elle émet dans la bonne, et que c'est toi l'extraterrestre égarée. Tu trouveras l'âme sœur à la bibliothèque et vous irez vivre là où l'on ne capte aucune radio, aucun signal du monde malade. Rien n'y est fait pour toi.

Ce matin, tu vois du coin de l'œil ta mère préparer le petit déjeuner de ton père, qu'elle montera sur un plateau décoré d'une fleur tout juste coupée. Tu n'imagines pas ton père se réjouir de voir une fleur coupée sur son plateau, pourtant il y a droit chaque jour. Puis le plateau redescendra et la fleur coupée rejoindra les ordures ménagères dans la poubelle. Ce n'est pas que tu dénigres systématiquement ce que fait ta mère mais dans cette maison elle représente le monde des adultes et offre à ton observation des comportements et des postures typiques.

Ce plateau te rappelle combien l'espèce humaine est néfaste. Elle seule exploite la nature jusqu'à la dernière goutte de vie, organise l'élevage et l'abattage des autres espèces, elle seule épuise des forêts, fouille les entrailles de la Terre en quête d'énergies fossiles, invente des armes de destruction massive, des centrales nucléaires et des barrages hydrauliques. Elle seule soustrait des galets et des coquillages à une douce érosion dans leur environnement naturel pour les poser sur des manteaux de cheminée ou des guéridons. Et que fait-elle des fleurs ? Elle les coupe, les décapite. Pour décorer son habitat.

Ici, tu ne choisis rien. Récemment, tu as demandé si tu pouvais prendre des céréales en vrac, désignant les grandes bonbonnes au supermarché, mais ta mère n'a pas répondu. Ou plutôt si : elle a posé une boîte de corn-flakes dans le caddie en te regardant dans les yeux, et c'était sa réponse. Ce soir, il faudra peut-être que tu te forces à finir son assiette, où un morceau de cadavre accommodé selon des recettes transmises de génération en génération attendra que tu le découpes. Tu ravaleras tes haut-le-cœur, contempleras le fragment d'animal sur la faïence, ses nerfs et ses veines nettement visibles sous le vernis doré de la cuisson. Tu ne pourras pas mâcher assez menu pour réduire à néant ta conscience d'avoir dans la bouche quelqu'un comme toi. Quelqu'un qui (au mieux) aura senti avec le même plaisir que toi la caresse du soleil sur sa peau mais dont la chair écrasée entre tes dents rétives sera désormais froide et sans vie.

Tu as plaidé pour le droit d'être végétarienne mais ta mère a répondu qu'il était de sa responsabilité de t'assurer une croissance normale. Tu as alors tenté de démontrer qu'une croissance normale ne passait pas nécessairement par la consommation de viande ; pour étayer tes propos, tu as imprimé quelques articles qui l'expliquaient mais ta mère a estimé avoir plus de bon sens que les scientifiques. Exceptionnellement, même ton père est intervenu. Ce fait t'a fortement impressionnée car ton père n'intervient qu'en dernier recours, avec sa sagesse d'un autre millénaire, quand la famille menace de basculer dans la déchéance.

– Qui t'a mis cette idée dans la tête ? a-t-il prononcé d'une voix rauque, éraillée.

Tu n'as pas répondu que tu avais un cerveau qui fonctionnait très bien tout seul, ce qui t'aurait valu un sermon, voire une punition. Finir ton assiette était bien assez violent.

– Que mange le loup ? a-t-il ajouté. Du tofu ?

Le voici, as-tu pensé, le grand méchant loup des livres pour enfants. Mais le loup ne fait pas vivre des millions de poules dans des hangars, parquées sans espace ni plumes, leurs poussins mâles envoyés à la broyeuse, le loup ne mange pas les poulets en nuggets comme des chips, il n'organise pas des concours où celui qui mange le plus de *chicken wings* en vingt minutes gagne mille dollars. Tu as gardé le silence.

L'idée que les êtres humains ne peuvent rien laisser tranquille sur cette planète te décourage. Tu ne te sens pas l'âme d'une activiste et, de cela aussi, tu te sens coupable. Tu es une solitaire, une rêveuse, tu t'isoles dans un escalier le samedi soir, tu parles si bas qu'on te demande souvent de répéter, d'ailleurs tu serres les dents dès que quelqu'un parle trop fort. Alors tu préfères te détourner des réalités qui pourraient te plonger dans un désarroi sans fond. Tu détournes les yeux de la fleur coupée sur le plateau. Quand tu seras libre de tes décisions, tu tâcheras de nuire le moins possible à la planète qui t'accueille mais, tu le sais déjà, tu ne rencontreras pas le grand amour dans une manifestation.

Tu laves ton bol et ton verre vides, te brosses les dents avant que ta mère n'occupe la salle de bains, et tu t'apprêtes à partir, ton sac sur le dos, quand tu te rappelles un mail que t'a envoyé ton amie Rose. Que disait-il exactement ? Tu ne t'étais pas attardée sur ce qu'elle racontait, trop occupée que tu étais à chercher dans ses phrases la trace d'un sentiment amoureux qu'elle aurait pu nourrir pour toi.

Tu allumes ton ordinateur. Vite, lui souffles-tu en piétinant, allez allez. Tu ouvres ta boîte mail et tapes dans la barre de recherche les mots *poésie festival*, les seuls dont tu sois sûre que le message en question les contient. Ils apparaissent surlignés dans le corps du texte qui s'affiche. « Samedi je suis allée à un festival littéraire avec ma tante et nous avons assisté à une lecture de poésie performance complètement dingue, je suis sûre que tu aurais adoré. Une tromboniste et une danseuse improvisaient en même temps et, à trois, les artistes composaient devant nous une planète à part entière, comme d'énormes bulles de savon mordorées. »

Des festivals littéraires, évidemment. Des bibliothèques. Et pourquoi pas des musées ? te dis-tu en dévalant l'escalier, car tu es en retard et tu sais que tu vas devoir courir très, très vite pour ne pas rater le bus.

*

Aujourd'hui, je m'aperçois que je t'écris depuis sept mois. J'ai commencé à le faire un peu moins de deux mois après t'avoir vue pour la première fois. Aujourd'hui, la lettre que je t'adresse dépasse les 150 pages. Ses proportions ne cessent d'enfler. Je ne l'alimente pas dans l'ordre chronologique mais plutôt thématique. La semaine dernière, par exemple, j'ai ajouté un paragraphe dans le premier quart du texte, dans un passage où je te décris les différences entre la grande métropole où je vis et ta petite commune. Je venais de calculer des densités de population réelles, parce que je pense que les documents officiels trichent ; je fais souvent ce genre de chose pour me reposer l'esprit entre deux travaux. J'ai pensé que certains chiffres étaieraient mon exposé, aussi j'ai repris ma lettre à l'endroit adéquat.

Je ne t'enverrai pas cette lettre. Je l'écris comme un manuscrit, sauf qu'il s'adresse à toi, Sarah Benarif, la jeune athlète qui vis et cours dans cette petite ville au bord de l'autoroute. Je t'écris depuis si longtemps que j'ai l'impression de te connaître. Pourquoi toi ? te demandes-tu peut-être. Je suppose que ton sourire du 1er août a été une espèce de big bang. Je ne t'apprendrai pas qu'il n'en faut pas beaucoup plus, quand on souffre d'une imagination aussi impétueuse qu'un chiot.

Dans les moments où l'espèce humaine me désespère, penser que tu existes m'apaise. Bien que nous ne nous connaissions pas, et peut-être pour cette raison même, je me sens plus proche de toi que de quiconque. Peut-être, si je te croisais une troisième fois, rejoindrais-tu les rangs de ceux en qui j'ai perdu confiance. Le jour où j'ai pris ta sœur pour toi, j'ai senti le monde vaciller autour de moi. Pardon, Sarah, vous n'avez vraiment rien en commun. Elle avait tes cheveux et elle était là, dans ce parc toujours désert à cent mètres de chez toi, ça faisait beaucoup, tu comprends ?

*

Tu as trouvé. Sur la route, en rentrant du lycée, tu as trouvé ce que tu allais faire en attendant le grand amour. Tu ôtes tes baskets sans défaire les lacets, appuyant la pointe du pied sur le talon de l'autre pied, puis tu montes l'escalier en quelques bonds, sans toucher aux zones dont le bois craque et que tes orteils connaissent par cœur. Tu ne fais aucun bruit dans tes chaussettes de sport doublées de bouclette. Tu ouvres la porte de ta chambre et sursautes quand tu découvres ta mère assise sur ton lit. Tu ris nerveusement et t'apprêtes à dire qu'elle t'a fait peur mais tu n'en as pas le temps. Elle te désigne l'écran de ton ordinateur.

– Je peux savoir ce que c'est, ça ? demande-t-elle d'une voix trop aiguë, annonciatrice d'un séisme de grande magnitude.

Tu avances d'un pas prudent avant de reconnaître un mail de Rose. Un courant glacé parcourt ton sang. Tu te sens prise en faute mais, plus encore, tu te sens nue. Instinctivement, tu entoures ton corps de tes bras comme quand tu sors de la piscine.

– Je t'ai posé une question, Sarah.

– C'est pour rire. Elle détourne un poème de Victor Hugo qu'elle étudiait en cours[1].

À une meuf

Enfant ! si j'étais reine, je céderais l'antenne,
Et ma Rolls, et mon peuple, et mes chiens et mes chiennes,
Et mon diadème et même ma douche italienne,
Et ma place au sein de l'Union européenne,
Pour un regard de vous !

Si j'étais Déesse, mon jardin et son étang,
Ma peluche Bob l'Éponge de quand j'avais cinq ans,
Et les sucs des entrailles où je mets trop de flan,
L'intercours, la récré, et le parc, et ses bancs,
Pour un baiser de toi !

– Tu trouves ça drôle ?
– Oui, c'est plutôt drôle de parodier un poème aussi niais.

1. Il s'agit du poème « À une femme », dans *Les Feuilles d'automne* :
Enfant ! si j'étais roi, je donnerais l'empire,
Et mon char, et mon sceptre, et mon peuple à genoux
Et ma couronne d'or, et mes bains de porphyre,
Et mes flottes, à qui la mer ne peut suffire,
Pour un regard de vous !
Si j'étais Dieu, la terre et l'air avec les ondes,
Les anges, les démons courbés devant ma loi,
Et le profond chaos aux entrailles fécondes,
L'éternité, l'espace, et les cieux, et les mondes,
Pour un baiser de toi !

– Je ne te parle pas de ça. Pourquoi elle t'envoie ça, à toi ?

– Je ne sais pas.

Et, ce disant, tu ne mens pas.

Au camping, cet été, Hicham, Mona, Fethi et toi vous êtes mêlés aux autres jeunes gens qui traînaient à la piscine, au bord du lac ou autour des terrains de mölkky. Tu restais en retrait, souriais parfois quand tu entendais un bon mot ou quand quelqu'un s'adressait à toi. Tu leur faussais parfois compagnie pour courir ou te promener en solitaire et, quand tu revenais, tu découvrais souvent l'existence d'individus avec lesquels, déjà, tes frères et ta sœur entretenaient une grande familiarité. Tu n'aurais pas trouvé ça plus étrange si, voyant une guitare posée sur une serviette de plage, l'un des trois l'avait ramassée pour jouer une chanson de l'intro à la conclusion sans avoir jamais, à ta connaissance, appris aucun instrument.

Un jour, tu les as suivis au bord du lac, où ils allaient retrouver leurs nouveaux amis. Tu as laissé tout le monde s'installer pour pouvoir étaler ta serviette à la marge du petit attroupement. Tu venais de t'y asseoir quand une jeune fille s'est approchée du groupe, et tu as nettement senti une valve s'ouvrir dans ton cœur quand elle t'a demandé si ça t'ennuyait qu'elle se pose à côté de toi. Tu ne sais même pas comment tu as fait pour lui répondre. Peut-être t'es-tu contentée de lui sourire. Mais ensuite vous avez beaucoup ri, et parlé de choses que tu n'avais jamais abordées avec quiconque. Vous auriez aussi bien pu n'être que deux sur la plage et dans le monde entier, tant vous étiez absorbées par votre discussion. Quand l'heure est venue de regagner vos emplacements respectifs pour le dîner en famille, vous vous êtes séparées à regret.

Trois jours d'un éblouissement total se sont ainsi succédé, rythmés par le rendez-vous tacite au bord du lac, en léger retrait du groupe, après le déjeuner. Puis un soir, alors que le soleil déclinait lentement et que la fraîcheur granulait vos épidermes, Rose a posé le bout de l'index à la naissance de tes cheveux. Avec délicatesse, sans aucun tremblement, elle l'a fait glisser le long de ton front, puis sur ton nez, tes lèvres, ton menton, sans jamais le détacher de ta peau. La tête inclinée sur le côté, elle suivait son doigt avec une expression indéchiffrable. Elle était calme et silencieuse, concentrée.

– Je n'aurais jamais pensé que la forme d'un visage pouvait avoir du charme, a-t-elle murmuré. Une bouche, oui, des yeux, un nez à la limite. Mais la forme générale… Je ne sais pas, on a envie de le toucher ou… de le croquer, en fait. C'est la plus belle forme de visage que j'aie jamais vue. Et toi, Sarah, je crois bien que tu es la plus belle rencontre que j'aie faite dans ma vie, et je ne dis pas ça uniquement parce que ton visage a une belle forme.

Tu avais du mal à respirer. Sans te le formuler, tu as cru que ton moment était venu : celui où il t'arriverait ce que tu croyais réservé aux autres et aux livres mal écrits. Tu n'as pas dormi, cette nuit-là, ton corps tremblait tandis que tu imaginais la bouche rose pâle de Rose approcher jusqu'à ce que tu ne puisses plus la voir parce qu'elle était trop près de la tienne. Tu pouvais presque sentir son souffle entre tes lèvres, voir les veines bleutées palpiter sur ses tempes diaphanes, une fine mèche de cheveux dorés balayer doucement ses taches de rousseur dans la brise du matin.

Car ça se passerait le lendemain matin, très tôt, avant que ta famille ne se réveille à sa manière bruyante. Tu sortirais de la tente où tu dormais seule, tu sentirais les brins d'herbe gorgés de rosée entre tes orteils, tu regarderais autour de toi l'amas trop coloré des accessoires en toile et en plastique de l'été au camping, tu pivoterais vers les graminées au bord du lac et elle serait là. Elle se tiendrait debout dans le contre-jour, le soleil naissant jouerait des harmoniques dans ses cheveux ramassés en un chignon désinvolte et tu devinerais plus que tu ne verrais son regard bleu limpide. Puis tu avancerais vers elle – rien que de l'imaginer, tu étais hors d'haleine dans ton sac de couchage, dont tu t'es dégagée en quelques déhanchements avant de le repousser avec les pieds.

Tu t'es endormie alors que le soleil commençait tout juste à colorer le ciel à l'est. Ce sont les grognements rauques et les rires graves de tes frères qui t'ont tirée de ce sommeil tardif. Tu as accompli mécaniquement tous les gestes du quotidien, pris ton petit déjeuner à la table familiale, bercée par le flux des discussions que tu n'écoutais pas, puis tu t'es rendue au bloc sanitaire avec ta trousse de toilette à la main et ta serviette-éponge sur l'épaule. Avant d'y pénétrer, tu as jeté un regard vers l'emplacement où se trouvait le camping-car de Rose mais il était trop loin pour que tu l'aperçoives.

Quand finalement tu l'as revue, en début d'après-midi,

elle tenait la main de ton frère Fethi. L'image s'est fichée dans ta poitrine comme un éclat de verre. Tu n'avais rien vu venir, tu ne te rappelais même pas les avoir vus discuter ensemble. Ce devait être un canular. Pourtant ils ont disparu dans les graminées en riant, non pas en direction du lac mais du bois.

Tu n'en as pas gardé rancune à Rose ; à Fethi, un peu, sans doute. Mais, plus que tout, tu te reprochais ta mièvrerie et ton manque de perspicacité. Tu aurais voulu pouvoir arracher quelque chose dans ton cerveau, le bulbe, la glande, le lobe ou quel que soit le nom de cette chose qui rendait ces rêveries si crédibles : en comparaison, le réel était une scandaleuse déception. Trivial, médiocre, sans relief.

Il y avait un terrain de sport municipal à l'orée du village. Il était encore plus désert que ton parc du bassin minier parce que les habitants préfèrent profiter des équipements du camping, à la belle saison, quand ils ne font pas la sieste. Là, tu as couru plus vite que jamais, sans consulter ton téléphone pour vérifier que les battements par minute n'atteignaient pas un seuil dangereux.

Alors que tes baskets arrachaient des brins d'herbe jaune à la terre desséchée, tu refusais d'imaginer le degré d'intimité que Rose et Fethi étaient en train de partager, là où ils s'étaient dissimulés aux regards. Tu te demandais si tu étais trop naïve ou au contraire trop vicieuse, s'il était puéril d'imaginer qu'ils s'embrassaient ou si tu avais l'esprit mal tourné d'imaginer que ça puisse aller plus loin. Une telle idée t'apparaissait comme grave et répugnante. Si tu en avais eu l'occasion, si Rose t'avait proposé d'aller aussi loin que possible avec elle, tu l'aurais fait, mais toi c'était différent : il était entendu que tu étais une perverse puisque tu aimais les filles. Tu ne comptais plus les mots qui existaient pour désigner les monstres tels que toi.

Ton cœur était plus sec encore que la terre d'été quand tu as quitté le stade municipal. Tu as traversé le village, les rues martelées de soleil étaient désertes et ta tête tournait un peu. La chaleur, l'effort et le dégoût te portaient au bord du malaise. Quand tu as atteint la petite place ronde qui était si animée le soir, tu as repéré un chat étendu à l'ombre d'un banc. Il t'a regardée, si seul sur les pavés brûlants alors qu'à quelques centaines de mètres la clameur des baigneurs se mêlait aux musiques diffusées par des téléphones portables. Si seul que tu as pleuré. Il n'y avait personne pour te voir à part le chat mais tu t'es recroquevillée sur toi-même. Tu as pleuré de tout ton ventre, de toute ta poitrine, de toute ta gorge ; tu as tant pleuré que ça semblait ne jamais devoir finir et c'était comme vomir jusqu'à ce qu'il n'y ait plus rien dans ton corps, plus un viscère, plus un souffle de vie.

Te redressant, tu as de nouveau regardé le chat si seul. Tu tenais ton ventre comme si une balle de fusil t'avait traversé le corps et que tes tripes risquaient de se répandre. Tu t'es fait violence et as relâché un bras pour le tendre vers le chat mais il a pris peur et disparu dans un soupirail. Tu te sentais abandonnée de tous et tu détestais ta solitude et ta douleur, tu détestais ce village et les vacances au camping, tu détestais ces filles sans imagination qui tombaient dans les bras de Fethi. Sous la douche, tu as savonné brutalement ce corps que Rose ne voulait pas, auquel elle préférait celui de Fethi. Tu as fait en sorte de ne pas lui accorder un regard, te lavant comme au cœur d'une nuit noire.

Sarah ! s'est exclamée Rose quand tu as regagné ta tente. Elle était assise sur une chaise en toile, une jambe pliée, le pied gauche contre l'intérieur de la cuisse droite. Elle portait un short en jean très court et une chemise blanche transparente sous laquelle tu devinais le haut de son maillot de bain. Elle s'est levée en ouvrant les bras d'une manière théâtrale. Tu ne savais pas ce que tu étais censée faire, encombrée de toi-même, de ta serviette mouillée sur l'épaule et de la trousse de toilette entre tes mains. Tu es restée immobile à quelques centimètres d'elle mais elle n'a pas perçu ton embarras, elle a fait le chemin jusqu'à toi et t'a serrée contre elle un instant.

Peut-être t'étais-tu trompée, as-tu pensé, incrédule. Peut-être étaient-ils juste amis. La plus belle rencontre qu'elle ait faite dans sa vie, n'était-ce pas toi ? Mais Fethi a surgi de la caravane et, sans faire attention à toi, il a déposé un baiser sur les lèvres de Rose en se dirigeant vers la voiture, en quête de va savoir quoi. Un baiser pour la forme, sans conviction, sans fièvre, sans frisson sacré, un baiser de propriétaire. Par la suite, tu as compris que ce flirt estival n'avait pas plus de poids aux yeux de Rose qu'à ceux de Fethi. La vraie relation qu'elle avait nouée en ce mois d'août, c'était bien avec toi, même si ses lèvres pâles n'étaient pas pour toi. Tu t'es résignée à cette dissociation. Que pouvais-tu faire d'autre ? Intenter un procès ?

Aujourd'hui, tu sais que Rose n'a plus guère de contact avec Fethi, tout juste le type de rapport désincarné qu'ont sur les réseaux sociaux les gens qui ne se connaissent pas vraiment, tandis qu'elle t'écrit souvent. À toi, elle envoie de vrais longs mails puisque, pour ta part, tu n'as de compte sur aucun réseau. Tu ne souffres plus de ne pouvoir dépasser le stade de l'amitié avec elle, pas même quand elle a la maladresse de t'envoyer un poème romantique : tu te dis que décidément, elle ne saisit rien. Tu essaies de trouver ça mignon. Tu as cessé d'espérer qu'un jour, se réveillant d'un rêve où tu l'embrassais passionnément, elle se dise, Mais bien sûr, c'est elle que j'aime ! Elle était là, sous mes yeux, et parce que c'est une fille, je ne me rendais pas compte de ce que je ressentais. Quelle conformiste j'étais...

Pour l'instant, tu es prise dans le regard de ta mère comme une biche dans les phares d'une voiture sur une route de montagne. Tu comprends que tu te trouves dans une situation de crise aussi grave que l'affaire du roman sous le matelas. Une fois de plus, tu as cassé quelque chose de plus précieux que la théière de ton arrière-grand-mère, qui trône au milieu du buffet sur son napperon au crochet. Tu as éteint le sourire de ta mère. Sa confiance et son innocence, brisées par ta perversité.

– Il faudra que tu m'expliques un jour pourquoi tu t'amouraches toujours de tordues. Comme la mère de ce gamin, là... Jasmine. Des détraquées.

Tu ne dis pas que tous les autres t'ennuient. Ni que tu es

une détraquée, toi aussi, et que tu en es fière. À ta manière d'inspirer profondément, on dirait que tu vas plonger dans une eau glacée. Tu n'as plus rien à perdre.

– Pourquoi lis-tu mes mails ? demandes-tu avec l'énergie de la colère.

– Je suis venue déposer ton linge et tu avais laissé l'ordinateur allumé.

– J'étais en retard, ce matin, je n'ai pas... Mais il devait être en veille depuis des heures, ou ne plus avoir de batterie. D'ailleurs ce n'est pas ce mail que j'ai lu avant de partir.

– N'essaie pas de te dérober, Sarah, réponds-moi : qu'est-ce que tu cherches ? Pourquoi tu ne cesses de me provoquer ?

Tu serres les dents. Tant d'injustice te laisse muette.

– Je ne veux plus que tu correspondes avec cette dépravée.

– Tu sais bien que cette dépravée sortait avec Fethi au camping.

– Visiblement, ça n'a pas suffi à la soigner. Tu vas bloquer son adresse mail, l'effacer de tes contacts et supprimer tous les mails ignobles que vous avez échangés. Tu vas le faire devant moi, et tout de suite.

– Tu ne peux pas faire ça, tu ne peux pas détruire des dizaines, des centaines de mails.

Elle te regarde sans un mot. Ses lèvres se pincent, creusant les rides qui encadrent sa bouche et faisant remonter ses pommettes roses. Ses sourcils bien taillés décrivent un arc sévère, qui surligne la monture de ses lunettes.

– Sarah, je vais perdre patience.

– Mais tu n'as pas le droit ! Je vais avoir dix-huit ans, tu n'as pas à fouiller dans mes mails.

– C'est *mon* ordinateur, qu'a payé *mon* salaire et que tu utilises dans une chambre de *ma* maison. Tu auras les tiens quand tu travailleras pour t'en payer, en attendant tu as uniquement l'usufruit des miens, tu m'entends ?

– L'usufruit ?

– L'usage. Tu as beau lire des livres prétentieux et faire la fine bouche quand on regarde la télé, tu n'as même pas de vocabulaire.

– C'est mon amie, dis-tu faiblement.

Tu ne dis pas, Je vais être obligée de te haïr. Tu courbes l'échine face à ta mère plus petite que toi, son visage crispé comme un poing et ses rides blanches comme des jointures. Tu t'assieds devant ton ordinateur. Tu es secouée de sanglots quand tu vides le dossier Rose. Et la corbeille, dit ta mère, tu me prends pour une imbécile ? Puis tu rayes ton amie de tes contacts et enfin les talons de ta mère claquent dans l'escalier.

Tu essaies de te rassurer, tu te parles doucement. Il faut, dis-tu, que tu apprennes à te détacher des objets, à considérer que la seule cachette possible ici est ton cerveau. Tu créeras une adresse mail que tu n'ouvriras jamais dans la maison de ta mère, uniquement au lycée ou chez Jasmine. Tu t'accroches à cette idée. Mais quand tu regardes ta boîte de réception, l'idée de l'irréparable te submerge et tu as juste le temps de te pencher pour ne pas vomir sur le clavier de l'ordinateur.

*

C'est le moment, Sarah, ce moment de ta vie où tes parents cessent d'être ceux qui te protègent. Où, précisément, ils pensent devoir te protéger de ce que tu veux, comme si tu ne savais pas mieux qu'eux, mieux que quiconque, ce qui est bon pour toi. Ta mère n'est pas subitement devenue sadique, c'est toi qui es en train de devenir qui tu dois être, de t'arracher au contour qu'elle a dessiné pour toi. Ce contour est de ceux que l'on trace autour des cadavres dans les films et les romans noirs, une forme vague sur un trottoir.

Le temps est venu de te lever, laissant au bitume la dépouille des rêves que tes parents ont nourris pour toi. Vous vous retrouverez quand tu te seras affirmée – quand ils sauront qui, en toi, ils doivent aimer. Et s'ils ne peuvent pas aimer ce que tu es, alors d'autres le feront. Jasmine le fait déjà, Rose et moi aussi. Et bien d'autres à leur tour le feront. Sans forcément nous connaître ni nous coordonner, nous t'envelopperons comme de l'eau.

La télépathie n'est pas dans mes cordes et je t'adresse en vain ces phrases que je voudrais apaisantes, moi qui rêve de pouvoir m'interposer entre ton innocence et les éclats de ce shrapnel qu'est la société. Jasmine, qui rentre tout juste de l'école avec son fils, ne sait pas ce que tu es en train d'endurer dans ta chambre – la chambre que tu occupes dans la maison de tes parents. Quant à Rose, tu pourrais lui écrire, son adresse mail est facile à retenir, mais ton imagination donne aux sanctions disciplinaires que tu encourrais une forme bien plus terrible que ne le ferait une menace explicite. Alors tu es seule. Je te regarde cligner des yeux, là au bord du vide, et je me tiens la tête entre les mains, parce que je ne peux rien faire pour te venir en aide.

*

La situation est assez grave pour que ta mère ne t'ait pas forcée à participer au repas en famille. Une grande première. Tu n'es pas descendue quand l'appel traditionnel a été lancé dans l'escalier. Le *On mange* a retenti comme d'habitude mais, dans le contexte, ces deux mots t'ont rappelé l'exemple que Mme Saumure donnait l'année dernière à ceux de ta classe qui ne comprenaient pas l'intérêt de la ponctuation. Elle avait écrit au tableau : *On mange, les enfants !* Puis elle avait effacé les signes de ponctuation. Aujourd'hui, *On mange les enfants* était plus dans la tonalité que ne l'aurait été *On mange, les enfants !* avec sa joyeuse petite musique.

Quelques minutes plus tard, Mona est venue te répéter On mange, tu as dit que tu n'avais pas faim et elle n'est pas remontée deux minutes plus tard pour te demander, de la part de tes parents, ce que c'était que ce cinéma – ou ce cirque, ou cette comédie, n'importe quel mot à même de nier tes sentiments. Ça, tu l'as déjà vécu. Mais pas ce soir. Ce soir, sans doute ta présence aurait-elle gâché le goulasch, torpillé la mayo, ravagé les raviolis, ruiné les épinards, saccagé le potage, gaspillé le gaspacho, bousillé le persillé, bradé la brandade, anéanti le frichti, plombé le colombo végé, ratatiné tartines et ratatouille, miné la verrine, éclaté la raclette, mis les gnocchis knock-out, saboté les sorbets, fait tourner le trou normand, dévasté le thé gourmand. Tu cherches des jeux de sonorités comme tu calculerais des nombres premiers si tu n'étais pas en position fœtale sous ta couette, que tu as remontée par-dessus ta tête. Cachée dans ta chambre, tu tâches de générer la chaleur qui calmera ton tremblement. Tu n'as que toi-même et les ressources de ton cerveau pour tromper le néant.

Et soudain ça te revient. L'illumination que tu as eue sur la route, ce soir, et dont tu te réjouissais tant avant le cataclysme – avant que la peur ne congèle ton esprit. Tu es rentrée à pied du lycée pour être un peu tranquille : t'offrir vingt-cinq minutes de répit entre le zoo et le poulailler, as-tu pensé. Mais ça ne s'est pas passé comme tu l'avais prévu. Les échos du week-end te harcelaient à la manière d'une chorale ivre, échevelée. Les voix se télescopaient dans ton esprit quand, du brouhaha, s'est dégagée l'idée. Ce n'était pas une révélation telle qu'on pourrait la concevoir, pure et comme tombée du ciel, mais un murmure échappé miraculeusement au magma.

Voudras du Coca ? Si *Mon milk-shake ?* tu *Dragues les filles, toi ?* ne *Lit le journal !* peux *Voir tes frères ?* pas *Un bouquin tancarville ?* le *Qui ne va pas chez toi ?* lire *Je ne voulais pas te blesser*, écris-le. Pardon ? as-tu dit, et tu as suspendu ton pas. Ce fut comme un chuchotement dans ton oreille interne : *Écris-le. Si tu ne peux pas le lire, écris-le.* Tu as pressé le pas, dans la rue tu souriais, tu as même sautillé en traversant le parc désert. Puisque tu n'as pas le droit de lire des romans dans lesquels des femmes s'aiment, tu vas en écrire un.

Tu ne vas pas l'écrire sur ordinateur, comme tu l'avais imaginé tout à l'heure, ce serait trop risqué, mais sur le seul support que ta mère n'aurait pas l'idée d'ouvrir. Tu vas l'écrire dans un cahier, un bon vieux cahier du même format que ceux de tes cours et il se cachera parmi eux en retenant son souffle pour ne pas éclater de rire quand la milice des bonnes mœurs visitera ta chambre. Tu vas raconter ta rencontre avec le grand amour à la bibliothèque puis votre installation dans une maison à l'écart du monde.

– Non, chuchotes-tu, je ne vais carrément pas faire ça. Il n'y aura pas de baisers dans les décombres du World Trade Center.

Au début de l'année, tu rêvais que Mme Clou, ta prof d'anglais, mettait à profit les quelques mois qui te séparent de la majorité pour accomplir toutes les démarches administratives liées à son divorce. Son nom de jeune fille était Miss Robinson et elle était d'origine américaine. En cours, Mme Clou vous avait fait regarder *Miracle en Alabama*, un film qui retrace l'histoire vraie d'une jeune fille aveugle et sourde dont une institutrice malvoyante a réussi à briser l'isolement. L'institutrice est jouée par Anne Bancroft, qui ressemble beaucoup à Mme Clou, surtout dans un autre film, où elle s'appelle Mrs. Robinson, comme tu l'as découvert en cherchant des images de l'actrice sur Internet. Cependant, tu n'as jamais souhaité visionner le film en question, alors que tu aurais pu l'emprunter à la bibliothèque sans craindre la douane. L'actrice y a des rapports sexuels avec un homme et cette simple perspective te donne le frisson d'humiliation que tu redoutes tant.

Tu as ressassé le rêve pendant des semaines : dès le jour de tes dix-huit ans, Miss Robinson et toi partiez vivre à New York, tu posais la tête au creux de son cou tandis que l'avion décollait, et elle plongeait la main dans tes cheveux. Vous habitiez dans une maison de Brooklyn à laquelle on accédait en montant quelques marches après avoir passé une grille de fer forgé. L'été, vous aimiez vous asseoir dans l'escalier de secours qui zigzaguait sur la façade de brique rouge. En contrebas, les racines de chênes centenaires fissuraient les trottoirs et soulevaient des plaques de ciment à la manière de failles tectoniques.

Quelquefois tu t'isolais, tu passais une chanson (au titre programmatique de *Perfect Day*) que Mme Clou vous avait fait écouter en classe et tu fermais les yeux pour projeter ces images de bonheur comme un vidéo-clip sur l'écran de tes paupières. Il n'y avait jamais dans ces rêveries de paroles ni de narration, uniquement des moments représentatifs de votre bonheur : vous riez au ralenti, vous dansez lentement dans une pluie de pétales que la brise détache des cerisiers, puis son sourire se suspend et ses pupilles se dilatent, profondes, alors tu sais qu'elle va t'attirer tout contre elle et t'embrasser.

Ces images sont parfaites pour un fantasme mais tu n'aimerais pas les trouver dans un roman. D'où t'est venue cette idée de roman ? Tu jettes un regard vers le journal posé sur ton bureau, simple forme grisâtre dans la pénombre de ta chambre. Ce n'était pas la première fois que la frustration d'un week-end sans libre arbitre ni bibliothèque laissait trop de place à ton imaginaire. Sans doute te serais-tu abandonnée à tes habituels scénarios rose bonbon plutôt que de nourrir le dessein d'écrire si, samedi, tu n'avais été amenée à te poser une question inédite. Ou, plus exactement, si pour la première fois tu ne t'étais pas posé la question du comment plutôt que du quoi, et ça s'est produit quand tu lisais la critique d'un roman dans ce journal. Ce journal même qui a causé ton discrédit public, tu en es maintenant persuadée, t'a mise sur la voie.

*

Ainsi, il aurait rempli sa mission, même amputé de la page que je te destinais ? Je ne crois pas à l'ordre du monde, ni au destin ni aux signes. Mais nous avons une aptitude à voir des coïncidences et à les interpréter : c'est comme tracer des lignes, et je ne veux pas parler de lignes droites mais sinueuses. Des courbes, des mélodies, des narrations. Pose sept points sur une feuille et tu verras que tu peux dessiner à peu près n'importe quoi en les intégrant tous, d'une manière ou d'une autre, et dès lors que tu auras vu s'ébaucher une locomotive tu ne pourras plus y voir autre chose, mais quelqu'un d'autre te dira, N'importe quoi, c'est un léopard, et un autre encore, Quoi ? Ce visage menaçant ? Et personne n'aura ni raison ni tort.

Quant à moi, je pourrais me dire que ce journal n'est

pour rien dans ta révélation, que n'importe quel autre élément aurait pu jouer le rôle de déclencheur, dès lors que tu étais prête à relever des indices. Mais j'ai envie de croire à ta version des faits, au rôle de ce journal dans ton épiphanie, parce qu'elle me ménage une place de choix. Ton scénario me donne le pouvoir qui me faisait défaut tout à l'heure, quand je me tenais la tête entre les mains parce que je me sentais impuissante à t'aider.

Mercredi

Tu secoues la tête en signe de dénégation et Jasmine se mord les lèvres sans te quitter des yeux. Toi, tu regardes le motif de la toile cirée. Tu n'y avais jamais prêté attention ; tu ne saurais même pas dire si c'est la même toile cirée qu'avant-hier ou si Jasmine vient d'en changer. Tu n'arrives pas à imaginer Jasmine dans un magasin, choisissant un dessin, comparant les épaisseurs de tissu, les qualités d'enduit, les prix au mètre. Soudain, tu souhaites ardemment être attentive à tout, comme un chat, un oiseau. Tu voudrais savoir si ces tournesols vernis font partie de ton expérience terrestre depuis longtemps ou si tu les vois pour la première fois.

Un jour, alors que vous arriviez tout juste chez ta tante, ta mère s'est écriée, Vous avez une nouvelle toile cirée ! Puis ta tante a expliqué avec beaucoup de détails qu'elle avait attendu longtemps tel arrivage à L'Art de vivre à petit prix, un bazar près de chez elle, pour trouver ce modèle qu'elle avait repéré, puis comment le coupon qu'elle avait réservé avait failli lui échapper. Elle a précisé pourquoi tel modèle du bazar concurrent, La Belle Affaire, ne lui aurait pas convenu. Ta mère alimentait ce récit de nombreuses remarques et questions. Tu as fini par t'isoler dans le jardin pour réfléchir à l'importance des choses. Tu ne savais décider s'il était admirable ou pathétique de s'attarder sur des détails a priori insignifiants. Prendre le temps de choisir et de commenter une toile cirée, qu'est-ce que ça signifie ? Que l'on a une vie à mourir d'ennui ou au contraire que l'on sait la vivre pleinement jusque dans ses moindres recoins ? Y a-t-il une réponse à cette question ?

– C'est une nouvelle toile cirée ? demandes-tu.

– Quoi ?

Jasmine éclate de rire. Ta main gauche est posée sur un tournesol, ou plutôt sur des fragments de plusieurs tournesols, et Jasmine la serre dans la sienne avec vigueur. On dirait qu'elle essaie de te communiquer en morse un message important.

– Je te parle sanctions disciplinaires et tu me demandes si ce vieux bout de plastique est une nouvelle toile cirée ?

– Donc elle n'est pas nouvelle.

– Donc c'est la première fois que tu sèches un cours. Sarah, reviens sur Terre.

– C'est justement ce que j'essaie de faire, à ma manière.

– Et comment tu comptes t'y prendre ?

– Je vais écrire.

– À qui ?

– À personne. Je vais écrire.

– C'est une excellente idée, Sarah. Tu sais à quoi ça me fait penser ? Tu as déjà entendu parler de Maya Angelou ?

Tu secoues la tête et Jasmine pianote sur le clavier de son ordinateur. Elle a toujours une chanson pour tout, à portée de main.

– Maya Angelou a écrit son autobiographie, *I Know Why the Caged Bird Sings*. Désolée pour l'accent. Tu as compris ? (Tu tords la bouche.) *Je sais pourquoi chante l'oiseau en cage*. Elle a aussi écrit un poème qui s'appelle *Caged Bird*. (Elle prononce *cagède bayeurde*). Dans cet enregistrement, c'est elle-même qui le lit, accompagnée par un groupe de jazz, Buckshot LeFonque. Écoute les paroles.

Jasmine clique et l'on entend des chants d'oiseau dans les enceintes. Elle regarde le parking par la fenêtre du séjour et, bien que tu la voies de profil, tu devines l'expression de son regard. Une voix grave et profonde, dont tu aurais pensé que c'était une voix d'homme, parle-chante la première strophe avant que ne débute la musique. *The caged bird sings / With a fearful trill / Of things unknown / But longed for still / And his tune is heard / On the distant hill / For the caged bird / Sings of freedom*[1].

Et soudain, tu pleures. Des jours de larmes contenues se libèrent et dans ton esprit se bousculent des images incohérentes d'oiseaux en cage, de parking morne et de tournesols plastifiés. Puis Jasmine t'emmène au lycée pour que tu y sois avant l'intercours. C'est la première fois que tu montes dans sa voiture, une vieille voiture avec un siège enfant qu'elle peut surveiller dans le rétroviseur. Tout va trop vite et ta tête tourne ; tu n'as jamais été ivre mais tu imagines que ça ressemble exactement à ton état de ce matin.

1. « L'oiseau en cage chante / Avec un trille craintif / De choses inconnues / Mais cependant désirées / Et sa mélodie s'entend / Depuis la colline lointaine / Car l'oiseau en cage / Chante la liberté. » (*Ma traduction*.)

– Qu'est-ce que tu fais, le mercredi après-midi avec ton fils ?

Jasmine se tourne vers toi et tu devines qu'elle se retient de rire.

– Ça te dépasse, hein ? Avoue ?

– J'avoue sans problème. Est-ce que vous vous asseyez à la table comme on l'a fait tout à l'heure mais avec des jouets ? Ou vous allez vous promener ?

– Je n'en sais rien. On fait des choses oui, mais… Rien de spécial. Parfois, je l'emmène à l'aire de jeux, il y a d'autres gamins et je ne m'inquiète pas qu'il s'ennuie. Mais moi, je m'ennuie, parce que les mères des autres gamins viennent me parler.

Tu poses un baiser sur la joue de Jasmine, chuchotes un merci plus fort qu'un cri, puis tu cours jusqu'à la grille du lycée.

*

L'un de mes premiers textes adolescents décrivait une rognure de ruban adhésif noir collé sur la tête gris pâle d'un haut réverbère. Je l'avais remarquée alors que je rentrais du lycée ; sa vision m'avait bouleversée. Quelqu'un avait décidé que sa vie de ruban adhésif serait de se dégrader en altitude, indéfiniment, isolé de la profusion terrestre, inutile et décalé mais définitivement indécollable. J'ai longuement pensé à lui puis, par la suite, j'y ai pensé régulièrement. Aujourd'hui, je le fais de nouveau. Bien souvent, mon regard s'attarde sur un lambeau de tissu ceignant une souche de cheminée ou sur d'autres détails improductifs du décor, assignés à désagrégation dans la solitude des cimes, comme par inadvertance. Bien sûr, ils me parlent de moi. Ils me parlent de toi, aussi, maintenant que tu fais partie de ma vie, bien que je ne fasse pas partie de la tienne. Je te regarde découvrir des tournesols sur une toile cirée, cligner des yeux, incrédule, et je te dis : Je sais.

*

Tu choisis un cahier broché à dos toilé de 192 pages. Tu as longuement hésité entre le noir et le jaune : devait-il refléter ton âme sombre ou la lumière vers laquelle tu tends ? Tu as constaté que la pile de cahiers jaunes était beaucoup plus petite que l'autre et, levant la tête, tu as vu passer une fille de ton âge en sweat-shirt jaune, les chevilles nues entre le jean slim et les Stan Smith, et tu avais ta réponse. Le jaune, as-tu pensé, doit être à la mode. Tu prends donc le modèle noir.

Contrairement à Mona, tu n'as jamais compris que l'on puisse souhaiter la même chose que tout le monde. Un jour, elle a boudé parce que ta mère avait refusé de lui acheter des baskets tendance aussi ridicules que hors de prix. Tout le monde les a, geignait-elle. C'était un argument à ses yeux et tu as compris que vous ne pourriez pas être plus différentes. Après un temps de surprise, tu as laissé échapper un gloussement et elle t'a accusée d'être cruelle.

– Mais non, je ris parce que je ne conçois pas qu'on puisse vouloir ressembler à tout le monde.

– Et tu sais quoi ? Ça tombe bien parce que personne ne voudrait te ressembler. *Ça*, tu peux le concevoir ?

– *Ça*, de ton point de vue, c'est censé être cruel. Mais ça ne m'atteint pas puisque je n'ai pas envie que quelqu'un ait envie de me ressembler.

Tu souris à la caissière quand elle te rend la monnaie, ranges le cahier dans ton sac à dos, où il rejoint ta tenue de sport poisseuse, roulée en boule dans un sac plastique. Au moment où tu quittes la librairie-papeterie, une pensée te vient. Tout à l'heure, quand tu as choisi le cahier, tu as vraiment eu l'impression d'avoir posé une question à voix haute et que l'on t'a répondu à voix haute.

– Le noir ou le jaune ? aurais-tu dit.

– Le noir, aurait répondu le sweat-shirt de la jeune fille.

Tout s'est fait naturellement, en une fraction de seconde, et tu te dis que, si tu es vigilante et ouverte à ce qui t'entoure, le monde va se mettre à te parler. Tu ne seras plus si seule parce que les choses sur lesquelles tu poseras les yeux répondront à tes pensées. Par exemple, tu te formules cela précisément, tu lèves la tête (toi qui aurais tendance, par timidité, à regarder tes pieds en marchant) et tu vois un œil dessiné sur un mur. Un œil unique, tagué sur la façade d'une cellule commerciale vide, près de la vitrine. Quand l'œil et toi vous lancez un regard entendu, cette rue trivialement commerçante acquiesce à tes réflexions et te dit, Bien sûr, Sarah, le monde et toi communiquez, tu le vois bien. Tu souris. La bibliothèque ferme dans une heure et tu hâtes le pas.

*

Je suis allée courir, à l'instant, pendant que tu choisissais des livres et des disques puis que tu rentrais chez toi. J'ai assisté à une scène qui aurait sans doute attiré ton attention. Ce n'était pas une scène à proprement parler mais une image statique dans laquelle j'étais en mouvement. J'atteignais une station de métro, à la lisière d'un campus universitaire désert, quand dans mon casque a débuté une chanson de Tirzah, *Slow Jam*. Vraiment pas ma préférée. L'on y entend une mère dire à son fils, *You're too old to hold my hand, you must move on*[1] ; j'aurais du mal à l'écouter si des bruits de flipper ne compensaient par leur autodérision la mièvrerie des paroles. Mais alors que je contournais la station, ce qui n'a duré que quelques secondes, mon écoute a pris une dimension supplémentaire.

Le campus n'était pas tout à fait désert. Il y avait trois personnes alentour, seulement trois personnes dans un rayon de plusieurs centaines de mètres, pour autant que j'aie pu en juger. Toutes trois avaient une douzaine d'années. Une jeune fille était assise sur un skateboard et paraissait minuscule sous la longue ellipse du métro aérien au béton brutal ; une autre, cinquante mètres plus loin, était assise sur le banc d'un abribus, et un garçon, trente mètres plus loin encore, au bord d'un caniveau. Des enfants. Et chacun, immobile et seul dans le silence de l'après-midi, regardait au loin. Moi,

1. « Tu as passé l'âge de me tenir la main, tu dois faire ton propre chemin ».

j'entendais Tirzah chanter, *I know you'll survive* et *You can take a risk or two / But don't do anything I wouldn't do*[1]. Alors j'ai imaginé le regard que nous aurions échangé si tu avais couru avec moi.

Les concours de circonstances qui ponctuent le quotidien ont souvent ma gratitude. Comme la semaine dernière, quand un marteau est tombé juste devant moi, du deuxième étage, alors que je courais dans une rue. À une fraction de seconde près, j'étais morte ou très endommagée. Seule la narration peut donner l'apparence de l'ordre à ce type de circonstance, de même que la partition organise le bruit et que le langage donne une forme au réel. Chaque jour, des marteaux tombent sur des têtes, et d'autres à côté. On peut décider que ça signifie quelque chose, ou pas.

*

Tu as commencé. Tu avais envie de traduire l'excitation d'entamer ce cahier en décrivant la naissance d'un désir. Tu trouves difficile d'attribuer une apparence physique aux protagonistes sans tomber dans un jeu puéril, aussi as-tu décidé de t'attacher d'abord au lieu de leur rencontre. Pour t'exercer. Pour définir une tonalité. Pas plus que les personnages, ce lieu ne devait être en plastique, ou en carton-pâte. Tu ne voulais pas d'un décor de cinéma, aussi as-tu parlé de ce que tu

1. « Je sais que tu survivras » et « Tu peux prendre un risque ou deux mais ne fais rien que je ne ferais pas ».

connais. Tu as gribouillé sur un bout de papier pour t'assurer que la pointe de ton stylo n'était pas sèche et que tu n'allais pas gâcher la première page. Puis tu as tracé les premiers mots.

« Au bout d'une allée perpendiculaire à la voie ferrée, en contrebas de celle-ci et lui faisant face, se dressent deux maisons abandonnées. Ce sont de grandes maisons de coron à la brique peinte, d'un crème un peu sale. Elles n'auraient pas l'air plus délabrées que leurs voisines encore habitées si leurs fenêtres n'étaient pas murées par des plaques de fer couleur rouille et si devant elles ne s'étendaient pas deux longs jardins livrés à la boue. La terre a craché de ses entrailles des morceaux de briques et de pierres issues de civilisations antérieures, qui parsèment désormais sa surface gluante. Un matelas double éventré, lourd de multiples pluies, gît dans le jardin de gauche auprès de jouets en plastique déteint. Des bouquets d'herbes de la pampa hochent lentement leurs plumets sur cette désolation, dans le chuchotement du vent. »

Tu ne connaissais pas le nom de la plante, aussi as-tu tapé *herbe haute tige rigide feuilles blanches* sur un moteur de recherche et, à ta surprise, ça s'est avéré concluant. Tu as gigoté sur ta chaise de bureau comme si tu venais de gagner quelque chose. Tu avais le choix entre plusieurs noms : *Cortaderia selloana*, *Gynerium argenteum*, *Cortaderia argentea*, White Plume, herbe de la pampa ou des pampas au pluriel et roseau à plumes. Un site décrivait ses *hampes duveteuses* et tu as trouvé le mot *hampe* impressionnant. Majestueux. Tu as hésité. Finalement, tu as décidé de conserver le mot *plumet*, fière qu'il te soit venu instinctivement et qu'il se rapproche tant du nom vernaculaire apparemment répandu et en quelque sorte officiel de *roseau à plumes*.

« C'est là que tu viens jouer de la flûte pour ne gêner aucune oreille. »

Tu relis la phrase et te demandes pourquoi tu as spontanément employé le *tu*. Qu'il se soit imposé à toi t'ennuie : n'est-on pas censé tout maîtriser quand on écrit ? Mais dois-tu le rejeter alors même qu'il te plaît, sous prétexte qu'il t'a été suggéré par ton inconscient ? Une évidence cesse-t-elle d'en être une dès lors qu'elle nous est apparue comme par inadvertance ? Tu ne peux t'empêcher d'y voir une sorte de cadeau. Et en provenance de ton propre cerveau, te réjouis-tu, mais aussitôt tu grimaces car cette bouffée de suffisance te rappelle une manie horripilante de Blanche, qui se baise le dos de la main pour se féliciter quand elle se trouve brillante. Tu décides de faire des choix en toute conscience. D'abord, tu décrètes que tu conserveras ce *tu* à condition de pouvoir t'expliquer sa pertinence – et pour ne pas contrarier ton désir, tu te hâtes de lui trouver une justification. La deuxième personne te tiendra autant que possible à distance des figurines ; en t'adressant à ton personnage, tu t'épargnes d'avoir à le présenter, il se connaît bien assez. Ensuite, tu conviens de ne pas décrire tes personnages mais de les ébaucher à peine. Et enfin, de ne laisser aucun pronom, adjectif ni participe passé trahir le sexe de ce *tu*. Ainsi, toi seule sauras que c'est une fille. Si ta mère tombe sur le cahier, elle ne pourra pas t'accuser d'écrire des textes orientés, juste tourner en ridicule tes velléités littéraires.

« Tu t'assieds sur la barrière en béton piquetée de mousse qui clôt les jardins et tu joues en regardant passer les trains, quand il y en a. Tu devines leur approche au grésillement de l'électricité dans les caténaires, dont les subtiles oscillations accompagnent alors ta flûte. Pour accéder aux voies, il faudrait gravir un talus hérissé de ronces après avoir enjambé un grillage cabossé, ce que personne sans doute n'aurait l'idée de faire. Pourtant, ce soir quelqu'un se tient immobile au bord des rails quand tu atteins la rue déserte. La silhouette t'apparaît à contre-jour dans la lumière déclinante mais tu devines qu'elle te tourne le dos, les bras le long du corps et la tête baissée. Tu suspends ton pas et contemples la forme sombre.

Tu te demandes ce qui pourrait te dissuader de sauter sous un train, si c'était toi qui te tenais là-haut. Si quelqu'un t'interpellait ou te rejoignait, posait la main sur ton bras, tu le ressentirais sans doute comme une intrusion, une violence. Tu restes longuement immobile, comme on le fait dans une clairière pour ne pas effaroucher un animal sauvage, mais soudain tu perçois le début d'un frisson dans les caténaires, il n'y a plus de temps à perdre. Tu ne réfléchis pas. Tu portes la flûte à tes lèvres et »

Tu as choisi la flûte parce que c'est un instrument facilement transportable et discret, sur le plan visuel comme sur le plan auditif, du moins comparé au tuba. Un instant, tu glousses à l'idée de mettre un tuba entre les mains de ton personnage. Tu en as déjà vu un, lors d'un défilé où une harmonie accompagnait des majorettes, et tu t'es demandé comment la personne qui en jouait faisait pour ne pas tomber en marchant avec un instrument si volumineux. Tu imagines ton personnage assis derrière son tuba, ou plus exactement derrière et sous son tuba, car vraiment ce serait comme être assis avec un saint-bernard sur les genoux. Et soudain, il en tire un profond barrissement, de sorte que la suicidaire sursaute et tombe sur les rails. Tu plaques la main sur ta bouche pour ne pas rire trop fort. N'empêche que, maintenant, il te faut trouver un morceau de flûte assez envoûtant pour faire descendre une suicidaire d'une butte pleine de ronces.

Tu écoutes de la musique sur Internet, principalement du classique et du jazz. Tu modifies les termes de ta recherche en fonction de ce que tu découvres. Tu élimines très vite les œuvres orchestrales, qui laissent trop peu de place à la flûte. Les sept musiciens de Maurice Ravel sont déjà trop nombreux, tu réduis encore, passes du quintette de Jean Cras au trio de Claude Debussy. Chaque fois il y a de la harpe et c'est très beau, fragile comme les pattes d'un oiseau ou la tige d'un coquelicot. Tu écoutes une dizaine de morceaux et finis par en choisir un qui s'intitule opportunément *Points of Light*.

« Tu portes la flûte à tes lèvres et tu joues les premières notes de *Points of Light*, composé par la flûtiste de jazz américaine Nicole Mitchell. »

Tu apportes toutes ces indications pour plus de sérieux mais, si tu optes pour la précision, ne devrais-tu pas remplacer *plumets* par *hampes duveteuses* dans le premier paragraphe ? Tu consulteras Jasmine à ce propos.

« L'électricité s'affole dans les câbles à haute tension. Le son t'évoque un bâton de pluie et tu fermes les yeux pour ne pas voir ce qui risque de se passer. Le grondement de la tôle sur les rails approche et tu souffles plus fort à mesure que le fracas enfle. Quand il claque devant toi, tout près, ton effroi est si grand que soudain tu as froid. Est-ce qu'en fermant les yeux, tu aurais provoqué une éclipse solaire ? Tu les ouvres soudain et la silhouette se tient devant toi, tout près. C'est elle qui te cache les derniers rayons de soleil. Tu cesses de souffler, baisses doucement la flûte.

Tu regardes la fille immobile tandis que derrière elle le train file, traçant une traînée de lumière jaune sur le ciel bleu nuit. Elle se tient droite, quoique la tête légèrement inclinée vers l'épaule. Sur sa peau blanche, presque transparente, flottent des taches de rousseur et celles, bleu pâle, de ses yeux. La regarder, c'est plonger le regard dans un ruisseau de montagne et y découvrir de minuscules poissons inconnus. »

Tu tends ton cahier à bout de bras pour contempler les deux pages emplies de ton écriture. Et de ratures. Et de flèches renvoyant dans les marges. Et de phrases insérées, glissées entre deux lignes. Et de bulles qui encerclent des groupes de mots pour les transférer plus bas ou plus haut, là où tu as dessiné un astérisque ou une étoile à cinq branches. Tu te rappelles avoir fait faire un échauffement au stylo pour éviter des lettres mal formées sur lesquelles il aurait fallu repasser. Qu'avais-tu imaginé ? Que ce serait aussi propre qu'une page imprimée ? Tu secoues la tête en souriant de ta naïveté. Tu te promets que demain, tu découperas ces deux pages au cutter et les recopieras proprement. Pendant le cours d'économie, tiens, ce sera parfait. Puis tu regardes l'heure machinalement et tu restes interdite.

Il est presque minuit. Si quelqu'un t'a appelée pour passer à table, il y a plusieurs heures, tu ne l'as pas entendu. Peut-être était-ce pendant que tu cherchais un morceau de flûte adéquat, ton casque sur les oreilles. Quoi qu'il en soit, Mona n'est pas montée, ta mère ne l'a pas envoyée pour insister. Peut-être ta famille pense-t-elle que tu as cessé de t'alimenter ; dans ce cas, elle n'a pas l'air de s'en inquiéter. Cette idée te donne le frisson d'humiliation que tu n'éprouves habituellement jamais quand tu es seule. Ce soir, il tient précisément à l'immensité de ta solitude.

Tu descends l'escalier sans allumer la lumière, au cas où tes parents auraient laissé la porte de leur chambre entrouverte. Dans la seule lueur du réfrigérateur, tu te confectionnes un sandwich avec de la mayonnaise et un reste d'aubergines grillées qui attendait sur une assiette, écrasé sous un film alimentaire. Tu constates que cette association est assez infecte et tu te demandes comment tu ne t'en es pas doutée. Tu mâches laborieusement, et ce faisant tu t'interroges : qu'est-ce que c'est que ce truc ? Cette manière dont le temps a filé, ce soir, aspiré par un appel d'air aussi puissant que si l'on ouvrait la porte d'un avion en plein vol ?

Jeudi

Quand tu pénètres dans la cuisine, tu sens l'angoisse sourdre de tes aisselles en une sueur âcre, la peur rouler dans ton ventre, tes jambes flageoler, ta bouche s'assécher, le sang s'évaporer dans tes veines. Mona est dans la salle de bains, ton père encore au lit. Ta mère te tourne le dos et tu n'arrives pas à t'annoncer, à dire bonjour ni à prononcer aucun mot. Tu n'as plus de souffle. Tu pourrais vomir si tu ne verrouillais pas tout en toi. Le frisson d'humiliation ébranle tout le haut de ton corps avec violence. Peut-être vaudrait-il mieux faire demi-tour aussi discrètement que possible, penses-tu, quand la voix aiguë de ta mère te fait tressaillir et précipite ton pouls d'athlète.

– La prochaine fois, tu auras l'obligeance de ne pas laisser tes saletés dans l'évier, je ne suis pas ta domestique.

Tu regardes l'assiette des aubergines grillées, qu'elle brandit comme une raquette en se tournant vers toi.

– Je ne voulais pas vous réveiller en faisant la vaisselle.

Tu peux l'imaginer te dire, à minuit, exactement sur le même ton qu'elle emploie ce matin : Tu réveilles toute une maisonnée pour une assiette, maintenant, tu ne peux donc jamais avoir un comportement normal ?

– Tu n'avais qu'à te joindre à nous à une heure décente.

– Je n'ai pas vu le temps passer.

Elle repose l'assiette dans l'évier, te fixe d'un regard défiant qui contracte ses paupières à la manière de fasciculations.

– On peut savoir ce que tu faisais ?

– Des maths.

– De niveau NASA, sans doute, pour que tu te couches si tard ? Qu'est-ce que c'était ?

Les connaissances de ta mère en mathématiques ne dépassant pas le stade de la division, tu reprends de l'assurance et réponds calmement :

– Des vecteurs colinéaires et coplanaires.

Tu la contournes pour atteindre l'évier, laves l'assiette des aubergines et l'essuies, puis la ranges dans le placard. Tu envisages un instant de partir au lycée dans le même élan, c'est-à-dire sans avoir pris de petit déjeuner, mais tu as déjà faim. L'idée de passer toute la matinée dans un état cotonneux parce que tu te sentirais faible te décourage. De toute façon, dès que tu commences à préparer ton chocolat, ta mère quitte la pièce.

Dans cinq mois, tu seras majeure. Si, par ta volonté ou celle de tes parents, tu devais partir, qu'adviendrait-il de toi ? Est-ce que Jasmine te laisserait errer dans les rues ou est-ce qu'elle mettrait son canapé à ta disposition dans son petit appartement HLM ? Au bout de combien de temps serait-elle exaspérée de tomber sur toi chaque fois qu'elle changerait de pièce ? Votre amitié y survivrait-elle ? Où vont les adolescents dans ta situation, que la société entière rejette comme des corps étrangers ? Tu préférerais ne pas y penser mais il est difficile de prétendre que l'on n'est pas assis dans une maison en feu. Dans un sursaut de panique, tu reprends une tranche de brioche et y étales une couche de confiture épaisse d'un centimètre. Le sucre plonge dans ton sang, chacun de ses microscopiques cristaux pourpres porte un bonnet de bain à fleurs et bientôt tu te sens apaisée.

Aujourd'hui, tu vas écrire la scène du baiser. Les deux personnages s'embrassent tout de suite, tu ne comptes pas plomber la scène avec des paroles. Pour tes personnages comme pour celle qui t'attend et toi-même, tu rêves d'un accord parfait, d'une entente qui se situe bien au-delà de tout échange verbal. Tu estimes qu'il ne peut y avoir d'adéquation totale entre deux êtres que lie le langage ordinaire. La nature même de leur lien échapperait aux catégorisations en cours dans notre société, il n'existerait pas de mot pour le qualifier : *amour* serait de la vulgarisation.

À la limite, tu peux concevoir que tes personnages adoptent des codes inédits. En général, les gens qui ont ce type de langage crypté se connaissent depuis longtemps et une expérience commune leur sert d'alphabet. Tes personnages, eux, puiseraient la matière de leur idiome dans leur vérité profonde, intime et souvent informulée. Ce genre de vérité que l'on sent nous traverser quand on regarde vibrer les étoiles sur un ciel dégagé, par une nuit d'été silencieuse, et que soudain l'on est happé par l'idée de l'infini. Le langage vers lequel tu tends aurait la puissance indescriptible de l'effarement, de la douleur pure, du cri. Sauf qu'on pourrait le murmurer.

Par ailleurs, un dialogue rendrait ton histoire anecdotique. Comme au cinéma. La plupart des films te paraissent insultants, quand dès la scène d'ouverture les scénaristes font prononcer aux personnages des tirades sans relief, juste pour caser quelques détails qui situent l'histoire. Par exemple, ils leur font passer un coup de fil stupide pour révéler en trois phrases lourdes et sans grâce que l'action se situe à Baltimore, que le héros est toujours amoureux de son ex-femme (elle s'est remariée avec un type terne) et que l'enfant dont ils se partagent la garde préfère son père. Ces précisions qui se veulent subtiles te font soupirer de colère et d'ennui. Il ne manquerait plus qu'un sous-titre, ou que le personnage se tourne vers la caméra pour demander, Vous avez tout compris ? On peut commencer ?

Et quand le film est bon, ce sont les spectateurs qui font des commentaires et t'empêchent d'oublier les odeurs de pop-corn et les bruits de plastique froissé. Non, vraiment, tu n'aimes pas le cinéma, ce lieu commun des imaginaires, avec ses artifices qui clignotent comme des panneaux de signalisation et ses salles surpeuplées où l'on grelotte dans la climatisation. Tu n'aimes que certains films et tu préfères les regarder seule, même si c'est sur un écran trop petit pour leur faire honneur. Ton cahier ne sera pas un cinéma.

Tu ne penses plus à ta mère avant de regagner l'évier pour y faire la vaisselle de ton petit déjeuner.

*

L'hiver dernier, j'ai pris l'habitude de courir dans les champs à la nuit tombée. J'évitais ainsi le risque de croiser de ces joggeurs en vêtements techniques fluorescents qui halètent comme des joueurs de tennis. Je voulais de toute force la solitude et la morsure du froid sur mes mollets, je filais sans un son dans l'obscurité jusqu'à m'y fondre. Seuls me rassuraient les animaux et l'idée que tu existes quelque part – toi seule me sauvais de la misanthropie. Un dimanche soir, je t'ai écrit ce poème :

rien
que la solidité du sol sous mes semelles :
le reste est absorbé par la nuit poudreuse
et par le silence de la terre grasse dans les champs détrempés
jusqu'à ce que la silhouette des oies, des chevaux, des poules d'eau
s'esquisse dans les premières lueurs de la ville
alors je pense à ton sourire muet
qui a la présence réconfortante des animaux familiers

Quand mes amis me rappellent que je ne te connais pas, je hausse les épaules. Ils ajoutent que nous n'aurions peut-être rien à nous dire. C'est possible. Ils s'amusent à imaginer que tu profères des sottises avec un accent du Nord à couper au couteau. Je leur réponds avec une souveraine assurance que je mise sur mon intuition et mon sens de l'observation. De toute façon, quand je rêve que nous devenons proches, toi et moi, nous le sommes au même titre que je le suis de Dame Sam, et moi aussi je suis un chat.

*

Tu scrutes le visage de Jasmine. Tu essaies de traduire en émotions les moindres frémissements de ses traits et te demandes quelle phrase les a suscitées. Tu passes derrière elle quand tu devines à son regard qu'elle aborde le dernier paragraphe. Tu l'as écrit ce matin, en cours d'économie, et tu ne le connais pas encore bien. Tu as besoin de le relire en même temps qu'elle le découvre.

« Puis le silence éclate comme si aucun train n'était jamais passé ici, comme si aucune flûte n'avait jamais déroulé ses trilles vers les lignes électriques. Tu n'entends plus que la pulsation du sang dans tes tempes, et les cils de la fille quand elle cligne des yeux, alors tu te rends compte que, lentement, presque insensiblement, elle s'est approchée de toi. Et maintenant tu peux aspirer son souffle léger, tu penses qu'elle joue de toi comme d'une flûte. Cette idée te bouleverse tant que tu dois fermer les yeux – quelques secondes, le temps que dure le sommeil profond d'un oiseau. Quand tu les entrouvres de nouveau, elle est si près que tu peux sentir le clair duvet de son épiderme effleurer le tien. Mais alors que vos bouches s'apprêtent à se rencontrer, un bruit vous fait tourner la tête. C'est un coassement. Quand il se fait de nouveau entendre, vous la voyez : une petite grenouille verte, sur le matelas éventré gorgé de pluie qui gît dans le jardin. Ses yeux ronds d'or terni vous fixent avec sévérité. Elle s'adresse à vous. Le rire monte dans tes sinus, incontrôlable. »

Quand Jasmine repose le cahier sur la toile cirée, tu retournes t'asseoir et elle t'observe avec curiosité.

– Je ne m'attendais pas du tout à ce que je viens de lire.

– Mais encore ?

– Je m'attendais à ce que tu cherches dans l'écriture un moyen de vivre une histoire d'amour par procuration. Que tu te serves de ton imagination pour combler un manque affectif, quitte à ce que ce soit…

– Fleur bleue ?

– Un peu, oui. Or tu fais la mise au point sur l'arrière-plan et tu t'arrêtes avant le baiser, c'est bien aimable de ta part. Enfin, le texte est fini, là ?

– Oui, ne t'inquiète pas.

– Je préfère les fins ouvertes, en général.

– Je ne vois pas pourquoi tout devrait être bien rangé quand on part. La vie n'est pas une histoire, il n'y a pas de résolution ; le seul point commun avec le cinéma, c'est qu'on ne sait pas ce qui se passe après le générique de fin. Qu'est-ce qui m'empêcherait d'écrire des textes qui ressembleraient plutôt à la vie ?

– Ça existe.

– Moi, si je faisais un film, ce serait sans décors ni costumes, et la seule musique serait celle qu'écoutent les personnages.

Tu expliques à Jasmine la réflexion que tu as développée en lisant le journal dans l'escalier de Blanche, samedi soir. Tu dis que depuis cet article, tu as poursuivi une idée comme une feuille emportée par le vent, sans savoir où elle allait te mener. Finalement, tu as abouti à ton premier texte mais tu sais que ton cheminement ne fait que commencer. Tu ajoutes que le monde te parle et qu'il n'existe pas de détails ou alors si mais dans ce cas il n'existe QUE des détails et tu parles trop vite en agitant les bras.

– Et je ne sais rien, je ne sais rien de rien, même pas si j'ai envie de savoir. Je me sens tellement oppressée... Depuis plusieurs jours, j'ai constamment l'impression que quelqu'un va venir me chercher. Pas une femme qui m'aimerait et me protégerait, plutôt une milice qui me jetterait dans un cachot et me forcerait à devenir quelqu'un que je n'ai pas envie d'être.

– Je comprends. Ton champ de liberté s'est brutalement réduit, cette semaine. Mais dis-toi que bientôt, tu auras dix-huit ans.

– Et alors, que va-t-il se passer ? Le 11 septembre 2019, à 14 h 53, je vais manger une part de gâteau et tous les gens que je connais vont apparaître, surgir de derrière les meubles en applaudissant et me dire : Bienvenue dans ta vraie vie, Sarah ! Maintenant tu as le droit d'être qui tu es. Désormais, nous respectons et apprécions ton être profond. Tu sais quoi ? Parfois j'ai peur que ce soit pire. Que le 12 septembre, je sois à la rue avec une valise contenant la totalité de mes affaires et nulle part où aller. Je n'ai pas de grands-parents et je ne me vois pas chez mes frères, de toute façon ils n'auraient pas de place pour moi.

– Selon la loi, tes parents ne peuvent pas te laisser démunie. S'ils te mettent à la porte, ils devront te verser une pension alimentaire jusqu'à ce que tu puisses t'assumer financièrement.

– Tu en es sûre ?

– Oui. Je m'inquiète pour toi, figure-toi.

– Oh.

Tu te lèves et serres maladroitement ton amie contre toi. Pliée en deux, les bras autour de ses épaules et le nez dans sa nuque, tu pleures doucement, et cette fois ce ne sont pas des larmes de détresse mais de gratitude. Jasmine te tapote le dos, non par retenue mais parce que ton étreinte l'empêche de bouger librement les bras. Tu te redresses rapidement.

– J'ai de la chance, dis-tu. D'avoir une amie comme toi.

– Je préfère que tu le saches, tes parents peuvent t'imposer un couvre-feu, t'empêcher de sortir et de voir les gens qu'ils estiment être de mauvaises fréquentations pour toi. Ils ont aussi le droit d'ouvrir ton courrier – c'est abject mais légal – et même de te gifler – ce n'est pas vraiment légal mais c'est permis.

– Ah.

– Oui. Cache bien ton cahier.

Tu pinces les lèvres et hoches la tête. Je ne retrouve pas sur ton visage l'air de calme détachement que je t'ai connu. Jasmine et moi te couvons d'un regard protecteur. Quelques secondes passent ainsi, comme figées, puis Jasmine se met à rire.

– J'ai une idée d'image pour illustrer ton texte.

Elle tape très vite sur le clavier, se tient bien droite pour mieux voir l'écran et de nouveau éclate de rire, les mains jointes devant la bouche. Tu la rejoins et ris lentement.

– Qu'est-ce que c'est que ce truc ?

– Une flûte.

– Mais non…

– Si : une flûte Paetzold. Tiens, celle-ci est à vendre pour la modique somme de 4 000 euros. Voyons : Flûte contrebasse coudée. Forme carrée. Hauteur : 152 cm. Hauteur de la colonne d'air : env. 175 cm. En contreplaqué de bouleau. Se joue assis.

– Je veux bien le croire. Presque vingt kilos !

Vous riez tellement que, pendant de longues secondes, aucun son ne sort de votre bouche. Puis c'est une double cascade. Quand tu as retrouvé ton sérieux, tu constates que le monde continue de te parler, que son écho ne te fait pas défaut.

– Il faut que je te raconte mes élucubrations sur le tuba.

*

Chaque sujet a ses experts pointilleux et sa volumineuse bibliographie, même si l'on s'écarte des voies académiques : ça vaut pour les médailles militaires, la porcelaine ou la flûte. L'on ne peut concevoir le degré de minutie que déploient les érudits si l'on ne nourrit pas soi-même une obsession monomaniaque. Beaucoup manquent de curiosité pour tout ce qui n'entre pas dans le périmètre étroit de leur sujet, comme s'ils étaient frappés d'une myopie étrange qui les laissait voir nettement un unique et infime point dans le champ du savoir. Chaque fois que j'ai rencontré des érudits, dans quelque domaine que ce soit, j'ai ressenti une forme d'étrangeté : comme si le monde, à leur contact, en une fraction de seconde se rétractait.

L'étude approfondie n'est pas la rampe que j'emprunte pour accéder aux objets que j'observe, j'ai ma rampe personnelle, en l'occurrence portative puisque j'aime la déplacer d'un objet à l'autre. Il y entre du scotch maculé de mes empreintes digitales, du fil trop fourchu pour le chas et l'humilité de mes défaillances et faiblesses. La méthode se définit à mesure, elle ne vise pas l'excellence, elle ne vise pas mais serpente et ne le fait que pour le plaisir de s'inventer. À la fac, j'affichais une attitude résolument antiélitiste, au point de citer *Mary Poppins* dans une copie par pure provocation.

En 2013, 62 734 doctorants étaient inscrits dans les universités de France. Je cherchais à l'instant des titres de thèses sur un site officiel, pour m'amuser un peu, et le premier que j'ai lu est *Une approche de la théorie cinétique thermostatée inverse pour la modélisation de systèmes vivants complexes* : pas mal. Par réflexe, j'ai cliqué sur la page 7, l'un de mes nombres premiers préférés. Je suis tombée sur *L'image de l'adolescente dans le roman français contemporain*, par Michèle Chauché, thèse soutenue en 1985. J'apprécie pleinement cette belle coïncidence.

La plupart des gens trouvent les érudits passionnants, mais moi, ils me dépriment. Quand je suis amenée à en écouter (ce qui signifie que je suis tombée dans un guet-apens), je délaisse très vite le contenu de leur discours pour me concentrer sur sa forme, sa longueur, son rythme, son lexique, je l'observe comme une pathologie un peu triste. Je suis hypnotisée, comme un serpent charmé par un air de flûte.

*

On mange !

Tu attends que Mona soit descendue avant de répondre à l'appel, pour t'épargner un pénible tête-à-tête avec ta mère sous l'arbitrage muet de ton père. Tu es soulagée que les regards de tes proches ne te demandent pas ce que tu fais là. Tu ne te sens plus à ta place à cette table mais, s'ils partagent ton sentiment, ils n'en montrent rien.

– C'est pizza surgelée, ce soir, annonce ta mère. Le conseil a fini à 18 h 30, et le temps que je rentre…

Sa voix au ton sec vous claque les parts de pizza dans la figure.

– C'est super, la pizza, dit Mona. J'adore la merguez.

– Tu veux la mienne ? proposes-tu.

– Non, intervient ta mère. Tu te crois chez les cas sociaux, où on va trifouiller dans l'assiette des autres ?

– Je ne vois pas en quoi ce serait…

Tu te ravises : à quoi bon débattre ? Tu perds ton temps, ton énergie, et tu alimentes une tension dont tu te passerais bien. D'une part, tu devras l'avaler, cette merguez, tu le sais. Et d'autre part, tu n'apprendras pas ce qu'est un cas social, qui le décide et selon quels critères.

– Ce serait quoi ? te défie ta mère.

– Une pratique sociale dégradante. Peu importe.

Puis tu écoutes ta famille parler d'une émission de télé que tu ne connais pas, pour te divertir de ce que tu mets dans ta bouche.

Vendredi

Tu te réveilles en sursaut, il est 4 h 10 du matin et tu ne te rappelles pas ton rêve mais tu as entendu son avertissement. Tu vérifies. Tu allumes ta lampe de chevet, saisis ton cahier noir, qui était serré incognito entre l'histoire et l'anglais. Tu essaies d'imaginer que tu es ta mère quand tu lis, « Sur sa peau blanche, presque transparente, flottent des taches de rousseur et celles, bleu pâle, de ses yeux. » Ton intuition onirique est juste. Bien que cette phrase soit plus une esquisse qu'une description, il est probable que ta mère, si elle avait la curiosité de contrôler ce cahier, y reconnaîtrait Rose. C'est l'idée qui t'a fait bondir hors de ton lit, à l'instant : tu as ébauché une représentation de Rose.

Tu n'as pourtant pas décrit ton amie délibérément. Elle devait errer dans un coin de ton esprit au moment où tu as pris ton stylo. C'est bien normal, après tout, puisque son éviction de ta vie n'est pas pour rien dans ta décision d'écrire. En acceptant cette image mentale un peu floue qui s'imposait à toi, tu évitais d'attribuer au personnage des éléments physiques arbitraires. Qu'il évoque fortement Rose ne signifie pas que tu sois encore attirée par elle, ça t'est passé depuis longtemps, or c'est forcément ce que ta mère croirait si elle lisait ce texte. Quelle maladresse, te dis-tu. Pour te rassurer, tu te répètes qu'elle n'ouvrira jamais ce cahier.

De nouveau sous ta couette, les yeux grands ouverts dans l'obscurité, tu te demandes si Rose a reçu le mail de Jasmine ou si le service de messagerie l'a considéré comme un courrier indésirable. Si Rose n'a pas osé y répondre parce qu'elle ne connaît pas Jasmine, ou tant elle a peur de ta mère, ou peur d'apprendre que tu es enfermée dans une cave. Ce ne sont que deux jours sans nouvelles, deux jours où vous n'avez pas alimenté votre incessant échange, mais tu les ressens comme des semaines. Il s'est passé tant de choses. À cette distance, tu te rappelles subitement, avec une intensité inattendue, ce que tu as éprouvé pour elle, cet été.

Tu te rends compte que tu es nostalgique de cette histoire qui t'a tant fait souffrir. Pourtant tu n'es pas masochiste, toutes tes rêveries dépeignent un bonheur sans tapage avec quelqu'un qui ne te quitterait jamais. Que retiens-tu de l'été dernier ? Qu'aimerais-tu retrouver si tu pouvais remonter le temps jusque-là ?

D'abord, tu revois le soleil jeter des taches de couleur dans l'air si bleu qu'il en devient presque anthracite, illuminer les graminées qui ondulent doucement dans la brise.

Tu entends *Run the Road*, la chanson que tu écoutes au casque dans le bois de pins. Dans ta mémoire, sa mélodie a pour toujours l'odeur du pin et la lumière filtrée par les aiguilles. Quand tu cours, cette lumière devient stroboscopique, comme une pluie épileptique sur tes paupières.

Tu sens le baiser comme un fruit entre tes lèvres tandis que les feuillages des arbres s'entremêlent en ombres chinoises et oscillent imperceptiblement sur la toile de ta tente – attends, quel baiser ? te ressaisis-tu, il n'y a jamais eu de baiser, cornichon. Le rêve du baiser, tu veux dire.

Oui, tu te rappelles l'atmosphère exacte de ces jours d'été, la torsion dans le ventre quand approchait le moment où tu allais retrouver Rose.

Et comme tu étais heureuse quand tu courais très vite, les veines gorgées d'endorphine et le cerveau de visions idylliques – elles étaient d'une rare niaiserie, mais tu les vivais si puissamment que ça t'était bien égal.

Et puis *Devotion*, la chanson de Tirzah.

Mais. Attends.

Tu l'as connue plus tard : en septembre. Tu t'en souviens précisément parce que c'est l'assistante anglaise de Mme Clou, Anna, qui te l'a fait découvrir à la rentrée. Tu as surmonté ta timidité pour lui demander ce qu'elle écoutait tandis qu'elle préparait la salle pour votre cours. Ce jour-là, elle passerait des chansons dont vous devriez trouver les paroles, mais pas celle-ci, plutôt des chansons à message. Pourquoi *Devotion* te fait-elle penser à Rose ? Pourquoi, juste avant de remarquer ta méprise, aurais-tu déclaré que tes meilleurs souvenirs de Rose avaient cette chanson pour bande originale ?

Les images te reviennent, presque les mêmes images que tu transférerais quelques semaines plus tard à New York, avec le visage de Mme Clou sortant d'un manteau plus chaud. Rose et toi riant au ralenti, dansant lentement dans une pluie de pétales, et son sourire qui se suspend, etc. Cette même rêverie stupide, grotesque. Tu l'as vécue si fort qu'elle semblait réelle, et c'était cet automne avec Rose, et *Devotion* était votre chanson.

Tu émets un petit rire effrayé, puis tu chuchotes : Une chanson que tu ne connais pas me rappelle ce que je n'ai pas vécu avec toi. Tu hoches la tête, aussi émerveillée qu'effrayée, puis tu reformules : Ce qui me manque, ce n'est pas ce que j'ai vécu avec toi mais ce que j'ai vécu seule en pensant à toi.

*

Au CP, j'avais un ami imaginaire ; mes parents ont mis des mois à s'en rendre compte – moi, je ne m'en souviens pas, ils me l'ont raconté. Je ne sais pas comment je l'avais construit, à l'époque, ni à quel besoin il répondait. J'ignore également de quelle manière nos chemins se sont séparés, si ce fut brutal ou progressif, et ce que j'ai ressenti quand il s'est volatilisé.

Je sais qui tu es dans ma vie. Depuis plusieurs mois, tu m'accompagnes, tu me tires en avant quand je vacille, tu ris avec moi quand je découvre dans un jardinet une statue de deux mètres sur trois représentant des enfants sur une charrette tirée par des ânes et, d'un simple froncement de sourcils, tu effaces ceux qui me blessent. Au fil de ces quelques mois, j'ai purgé mon existence de la matière excédentaire qui m'étouffait, congédié un tiers de mon entourage, renoncé à quelques idées qui m'avaient importé. Je l'ai fait sans peur du vide, le plus souvent avec une joie profonde, parce que tu étais là.

Parfois, un appel de réel me donne le vertige, quand je lève la tête un peu trop vite et m'aperçois que tu n'es pas auprès de moi. Prise de panique, j'envisage de prendre le premier train mais le réel résiste, il me rappelle platement que si je le faisais, tu ne m'accueillerais pas sur le quai. Je me cogne à ses parois étroites comme une mouche dans un verre. Chaque fois, je reprends mon souffle et parviens à regagner mon imaginaire, où tu m'attends avec ton sourire silencieux.

Bien sûr, je peux dire objectivement que nous ne nous connaissons pas ; mais, parce que je t'écris, tu es une force pour moi – note l'ambiguïté de cette phrase, où le *t'* peut aussi bien être un C.O.D. qu'un C.O.I. Le jour où j'ai croisé ta sœur Mona et l'ai prise pour toi, j'ai cru t'avoir inventée. J'ai cru que le réel venait de te réduire en une jeune fille à qui je n'aurais rien à écrire. Quand j'ai compris ma méprise, j'ai ri de soulagement mais j'ai aussi admis l'évidence : un monde dans lequel tu n'existerais pas me paraît infiniment plus hostile qu'un monde dans lequel je n'existe pas pour toi. Je me suis fait le serment de ne plus chercher à t'approcher, pour ne pas risquer de te perdre. Je sais qu'un jour, je briserai ce serment, quoique j'en reporte chaque jour le moment. Ce sera aussi stupide et cruel que de cueillir un coquelicot plutôt que saluer sa grâce en passant, même si l'on sait qu'à l'instant où on le cueille, il perd tous ses pétales. Je n'aurai pas indéfiniment la force de m'en empêcher.

*

Assise sur le banc le mieux caché de la cour, à l'écart de son centre névralgique, tu ne perçois pas l'attention dont tu es l'objet. Les deux personnes qui t'observent se tiennent près du distributeur de barres chocolatées, à une centaine de mètres. Leurs fines silhouettes, troublées par la lumière dorée du matin, évoquent à cette distance des figurines de golfeuses : une jaune et une rose, bien assorties. Je tends l'oreille.

– On peut dire que tu es une fille généreuse, dit Blanche.

– Ce n'est pas pour elle, c'est pour moi, objecte Sofia. Ça me déprime de la voir dans cet état. Elle a pris dix ans depuis ta fête.

– N'abuse pas.

– Disons trois ans. C'est déjà beaucoup. Si je vais la voir, crois-moi, c'est surtout pour ne plus devoir subir le spectacle de sa solitude.

– OK, allons-y.

Toi, tu relis le dernier paragraphe que tu as écrit dans ton cahier, pendant le cours de géographie, juste avant la récréation.

« Dans le hall du local municipal défraîchi, une forte odeur de détergent industriel assaille le visiteur. Le carrelage brille dans la lumière du soir, puis des ressorts claquent et le mécanisme de fermeture ramène lentement la porte dans ses gonds, installant une pénombre aussi désagréable qu'un grésillement. Le long du couloir mal éclairé aux murs verdâtres, de nombreuses affichettes punaisées sur des panneaux de liège proposent toutes sortes d'activités gratuites, cuisine, randonnée, vide-grenier, tombola, théâtre, ou mettent en garde contre le tabac, les drogues, le monoxyde de carbone ou le cancer de l'utérus. »

Tu mélanges dans ce lieu imaginaire divers endroits que tu as connus : un centre social, une brasserie en bord de mer, une salle d'attente dans un cabinet médical. L'odeur est celle de la résidence où vit Jasmine. Mais tu ne te rappelles pas où tu as relevé certains détails, comme ces portes dont les ressorts grincent. Tu es tirée de tes pensées quand quatre jambes viennent se planter devant toi. Tu lèves les yeux vers Blanche, puis vers Sofia, qui s'adresse à toi.

– Attends, dis-tu en ôtant tes écouteurs.

On entend nasiller un morceau d'Alice Coltrane que tu as découvert hier, puis tu appuies sur pause.

– Tu disais ?

– Pour commencer je disais, Bonjour Sarah.

– Bonjour.

– On ne va pas rester en froid éternellement, si ?

– Je ne suis pas en froid, dis-tu.

– Alors pourquoi tu restes seule ? demande-t-elle d'un air à la fois compatissant et peiné, tout à fait déplaisant.

– Je ne suis pas seule.

Et c'est, contre toutes apparences, la vérité – la tienne. Tu n'es pas seule. Sofia secoue la tête, la lèvre supérieure retroussée sur ses grandes dents blanches et, après avoir échangé un regard entendu, les deux amies pivotent sur leurs talons dans un frémissement de jupettes et s'éloignent de toi.

– On aura vraiment tout fait, entends-tu.

Tu remets tes oreillettes en te disant que tu n'as même pas besoin d'aimer les femmes pour inspirer la répulsion de tes pairs. Des différences bien plus subtiles y suffisent.

Avant d'arriver devant chez toi, en fin d'après-midi, tu t'arrêtes pour vérifier que rien ne se voit. C'est devenu un réflexe un peu dérisoire. Tu palpes tes poches, ton visage, tu ouvres ton sac et vérifies que le cahier noir n'en est pas sorti, qu'il ne s'est pas plié en forme de flèche pointée vers toi et sur laquelle on pourrait lire SARAH CACHE DES CHOSES. Un origami délateur : ELLE REVIENT DE CHEZ JASMINE. ELLE ÉCRIT DES TEXTES ORIENTÉS. Tout semble à sa place. Tu inspires profondément, coupes la musique dans tes oreillettes et entends la voix de ta mère, à quelques pas de toi. Tu te raidis derrière la haie des voisins, qui te cache à sa vue. Tu comprends qu'elle téléphone en taillant les buissons. Sa voix a le même tranchant que le sécateur.

– On est en froid, cette semaine, dit-elle. Si. Je sais bien, Mina, mais ce n'est pas une raison pour tout laisser faire.

Ta tante Amina vit à Colmar avec son mari et leurs enfants. Vous ne les voyez pas souvent mais ta mère dit toujours que sa vie a changé depuis l'invention des communications illimitées. Tu te réjouis que ta mère ait quelqu'un d'aussi proche dans sa vie, même à six cents kilomètres, quelqu'un dont elle ne fasse pas que s'occuper. Tu supposes qu'Amina puise le même réconfort dans cette sororité téléphonique intensive. Ton oncle est encore plus vieux que ton père, à supposer qu'un an fasse une grande différence au-delà de quatre-vingts, et tu imagines qu'elle n'a pas souvent l'occasion de s'amuser. Quand les deux sœurs ont un fou rire, tu t'en réjouis pour elles. Mais ce soir, cachée derrière une haie, tu es découragée : tu ne pourras jamais haïr cette femme aux petits yeux rieurs, mais tu n'es pas sûre non plus de pouvoir lui pardonner le mal qu'elle te fait. Qu'es-tu censée ressentir ? Pourquoi ne peut-elle pas avoir pour toi la même empathie que tu éprouves pour elle ? Pourquoi rien n'est-il juste ou ne serait-ce qu'un peu équilibré en cette vie ?

– Sarah est, comment dire ? Pas naïve mais… Oui, c'est ça, innocente. Elle ne voit pas le mal, ça c'est sûr. Tu sais comment je suis, je n'aime pas devoir jouer l'autorité, d'accord ? Il n'empêche que j'ai des responsabilités. Exactement : elle me remerciera plus tard. Si, si, je me rappelle, oh que si. Traumatisée ? Jamais ! Tout le contraire. Papa était dur mais juste. Je le remercie chaque jour de m'avoir faite solide comme je suis.

Tu étais encore toute petite quand ton grand-père est mort et tu as peu de souvenirs de lui. Pourtant tu as l'impression de le connaître un peu parce que sa photo n'a jamais changé de place depuis aussi loin que remonte ta mémoire. Elle jaunit en paix dans un cadre argenté, à gauche de la théière de ton arrière-grand-mère paternelle, sur le buffet de la salle à manger ; elle aussi a son tout petit napperon au crochet, lavé deux fois par an.

– Oh, du pur Sarah, soupire ta mère, que veux-tu que je te dise ? Tu te rappelles quand elle voulait un chat ? Elle avait quel âge ? Eh bien Sarah c'est ça, elle a des lubies. Elle va mourir si elle n'a pas un chat, ou autre chose, et puis ça finit par lui passer. Il faut juste tenir bon, le temps que ça se tasse. Aujourd'hui ? Je ne sais pas s'il est vraiment nécessaire de... Non, pas un chien ! Si seulement... Non, Mina, vraiment, rien qui vaille d'être mentionné. Mais puisque tu poses la question, je te le dis, ta nièce préférée n'a pas tout à fait terminé sa crise d'ado. Elle a des comportements, écoute, je suis obligée d'en rire, et j'en ris parce que je te le raconte et que je mets ça sur le compte de son âge mais parfois on est un peu embarrassés. On aimerait se dire qu'elle aime bien se faire remarquer, c'est ce que je dirais si Mona faisait ce genre de choses mais Sarah, non. Sarah, c'est. Sarah.

Tu te concentres pour imaginer les réponses de ta tante Amina, dont la voix te parvient sous forme d'un énergique nasillement, tant elle fait saturer le kit mains libres de ta mère.

– Mona ? Très bien. Toujours avec son chéri.

Ta mère a prononcé ces mots avec une espèce de fierté. À croire que ta sœur fait preuve d'une noble opiniâtreté en traînant avec ce crétin d'Enzo. Prête à marier, ironises-tu : elle se contente de peu. La voiture des voisins apparaît à l'angle de la rue. Tu n'aimerais pas qu'ils soient témoins d'un vaudeville au retour du bureau ou du supermarché. Tu profites de ne plus être le sujet de conversation pour sortir de l'ombre. Ta mère lève la tête à ton apparition, le sécateur en suspens.

– Tiens, voici Sarah. Tu dis bonjour à Mina ?
– Bonjour Mina, dis-tu d'une voix forte mais monocorde.
– Madame Aimable, commente ta mère.

Tu joues ton rôle d'adolescente, voilà tout. Quand tu refermes derrière toi la porte de la maison, tu as compris. Tout ira bien tant que tu joueras ton rôle. Peu importe ce que tu es. Dans certains pays, les élèves et les étudiants portent des uniformes pour gommer leurs différences. Toi, tu vas le faire chez toi, tu vas veiller à ne pas briser l'uniformité. Chaque fois que tu passeras cette porte, tu mettras ta singularité en veilleuse.

*

Au fil des rencontres qui ont marqué mon histoire, j'ai été amenée à en livrer le récit à ceux dont je m'entourais. Chaque fois, c'est comme si je repassais les lignes sur un papier calque avec un crayon à la pointe émoussée. Au fil du temps, le trait s'épaissit jusqu'à l'empâtement, d'autant que les épisodes les plus anciens se modifient insensiblement dans ma mémoire à mesure que les plus récents m'apportent sur eux un éclairage nouveau.

La vie s'écrit en temps réel, ce qui nous oblige à corriger sans cesse la vision que nous en avons car chaque nouvel élément versé à la vérité la modifie, la déplace, la remet en jeu. Aujourd'hui, mon histoire est distendue, déformée à force de ressassement, les événements ont déteint les uns sur les autres au même rythme que les photos-souvenirs se sont fanées, leurs couleurs virant au sépia.

Je doute que tu échappes à ce phénomène, quelque précaution que tu prennes pour t'y dérober. Au fil du temps, l'on doit faire preuve d'une grande vigilance pour ne pas devenir une caricature de soi-même, d'autant que le regard des autres nous fige dans une image que l'on peine à corriger. Sans doute un jour te rendras-tu compte qu'il existe une définition de toi communément admise dans ton entourage, et que le moindre débordement sera perçu comme un symptôme inquiétant, une bizarrerie ou un caprice. L'amour est à la fois une force extraordinaire et un gélifiant. Un autre gélifiant très puissant sera la haine que tu inspireras, car il est presque impossible de ne jamais en susciter. Tu trouveras peut-être difficile d'exister à travers ce faisceau de regards. Puis tu t'apercevras qu'ils n'ont pas le pouvoir de modifier ce que tu es. Tu seras libre.

Je n'ai jamais fait partie d'aucun milieu, jamais gravité dans aucun de ces cercles qui dominent la vie sociale dans les villes petites et grandes. Tout juste en ai-je effleuré deux, que j'ai aussi vite fuis. Je me tiens en retrait de la grande mascarade sociale, avec ses cénacles, ses hiérarchies, ses rumeurs. Pourtant, je rencontre parfois des gens qui croient savoir qui je suis parce qu'ils ont entendu parler de moi, rarement de manière positive. Un jour, quoi que l'on fasse, on devient sa propre légende, tissée par l'ennui des autres. Je reste blottie dans mon petit groupe d'amis atypique, le seul lieu de ce monde où je puisse être qui je suis. Tu es déjà en train de dessiner le tien ; tu finiras par trouver que c'est bien assez.

*

Quand tu décides de te lancer, ta mère est en train de discuter avec Mona dans la cuisine mais tu ne peux pas reporter, tu n'en as plus le temps. Il te semble deux fois plus difficile de jouer la désinvolture face à deux personnes que face à une seule, alors même que c'est une seule désinvolture.

– Je suis invitée à une soirée, annonces-tu.

– N'oublie pas ton journal, s'esclaffe Mona.

– Vraiment, Sarah, dit ta mère, je me réjouis que tu fasses des efforts pour être un peu plus sociable, mais je t'en prie, évite les comportements qui te poursuivront toute ta vie. On a vite fait d'avoir une réputation d'excentrique. Ne néglige pas l'impact que ça peut avoir, y compris sur la vie professionnelle. On n'est pas à New York, ici, tout se sait très vite et les farfelus n'ont pas bonne presse.

Tu ne peux t'empêcher de sourire.

– Ça t'amuse ?

– Tu as fait un jeu de mots involontaire : tu as dit *Les farfelus n'ont pas bonne presse*. Presse, journal, journal dans l'escalier…

– Ah, pas mal, admet Mona.

Ta mère se détend et sourit avec vous.

– Mais tu entends ce que je te dis ?

– Oui, j'entends.

– Bon. Essaie de t'amuser un peu, d'accord ?

Tu hoches la tête, les paupières baissées.

– C'est chez qui, au fait, cette soirée ?

– Chez Domitille. Ce sera plus agréable que chez Blanche, au moins on a quelque chose en commun.

Tu parles vite pour écarter toute question.

– Oui, enfin il faudrait quand même t'ouvrir aux autres, bichon. C'est bien de rencontrer des gens avec qui on a des points communs mais n'oublie pas que la différence est une richesse.

Tu retiens ton souffle, cours dans l'escalier. Une fois dans ta chambre, tu agites les mains et regardes autour de toi, le visage baigné de larmes. Finalement, tu plonges sous ton oreiller et, la bouche écrasée contre le matelas, lâches enfin le hurlement de rire qui chatouillait ta gorge, irrépressible. Du moins cette dernière leçon de morale t'aide-t-elle à relativiser la culpabilité : toi, chez Domitille, un vendredi soir ! Plutôt fabriquer une tour Eiffel en allumettes, distribuer des tracts pour un parti politique ou faire du baby-sitting. Tout en te préparant pour la soirée, tu énumères toutes les choses que tu détesterais faire et tu ris beaucoup. Tu n'aurais pas pensé, il y a quelques heures encore, que tu pourrais être si joyeuse.

Quand tu descends, tu es lestée de ton sac à dos. Si tu laissais le cahier noir ici, tu passerais la soirée à envisager qu'à ton retour, ta mère t'attende, assise sur ton lit, le visage fermé, avant de le brandir en te demandant C'est quoi, ça ? Si ça continue, tu l'emporteras sous la douche, même si tu prends ta douche à des heures stratégiques en prévention du cri. Tu mènes décidément une vie acrobatique. En traversant le vestibule, tu aperçois tes parents et ta sœur attablés devant la télévision. L'odeur d'agneau te lève le cœur mais tu approches de la porte entrebâillée pour leur souhaiter une bonne soirée. Ta mère et ta sœur grommellent quelque chose mais tu n'es pas sûre que ton père ait entendu.

– Et tiens-toi bien ! crie ta mère.

Quand tu plonges dans la soirée fraîche, ta poitrine se soulève de soulagement. Mais sur la route, ton humeur s'inverse brutalement. Une vague de mélancolie te surprend alors que tu aperçois par une baie vitrée, à deux rues de la tienne, une scène similaire à celle qui se joue en ce moment chez tes parents. Tu les revois, juste avant ton départ, attablés dans une lumière trop crue absorbée par des meubles trop marron. Ton père si fantomatique, ta sœur qui pense devoir ressembler à tout le monde et ta mère qui leur est dévouée. Et l'animal mort, démembré sur leurs assiettes. Et toi qui leur mens. Toi qui vas chez Jasmine.

– J'aimerais tellement que tu sois là, ce soir, a-t-elle dit quand tu t'es préparée à rentrer chez toi, en début de soirée.

– Que se passe-t-il ce soir ?

– Je fête mon anniversaire. Eh oui, jeune fille, même les vieilles ont un anniversaire.

– C'est aujourd'hui ?

– Oui : trente-sept ans.

– Un nombre premier, en plus, as-tu gémi, désespérée. Bon anniversaire, Jasmine.

– C'est la première fois qu'on me souhaite un bon anniversaire d'une voix mourante.

– Je ne pourrai pas le fêter avec toi et je n'ai même pas de cadeau.

– Le thème de ma soirée, c'est Décroissance. Pas de cadeau, pas de champagne, chips maison, olives en vrac et personne n'enfile sa robe de cocktail.

– J'adore. Je veux venir ! Euh, enfin ça dépend : il y aura du monde ?

– Tu comptes mon fils ?

– Ben non, il ne sert à rien.

– Il a une conversation un peu limitée, reconnaît Jasmine en haussant les épaules. C'est de son âge. De toute façon, je plaisantais : il est aussi trop jeune pour les fiestas. Il est chez ma mère, merci d'avoir noté son absence. Ce soir, nous serons six. Que des agoraphobes, et que des filles.

– Si je viens, nous serons un nombre premier pour fêter ton nombre premier.

– Très juste, Sarah, ça vaut le coup de réfléchir.

Tu n'aurais pas osé ce coup de bluff si tu n'avais pas surpris la discussion de ta mère avec ta tante Amina : l'entendre t'évoquer non sans tendresse t'a rassurée. Tu n'as plus l'impression d'avoir la gorge serrée par un collier de chien, et que fais-tu ? Sans attendre ne serait-ce qu'un jour, tu en profites.

– Je me sens atrocement fourbe, dis-tu à l'interphone.

– Mais non, tu te dédommages. C'est au troisième.

– Très drôle.

Jamais tu n'étais venue ici aussi régulièrement que cette semaine. Aujourd'hui, aucun endroit ne te réconforte plus que cette résidence tout juste salubre, aucune odeur plus que celle du détergent qui imprègne ses couloirs. Alors que tu vas sonner à la porte de Billie Holiday, tu entends des rires à l'intérieur et laisses l'index en suspens. Tu avais presque oublié qu'il y aurait d'autres invitées. Un immense trac t'envahit, une véritable nausée. Ouvre-toi aux autres, t'a dit ta mère, et tu te demandes ce qu'elle penserait si elle te savait ici, en proie à cet accès de sauvagerie. Tu serres les dents, frissonnes et sonnes.

– Elles ne sont pas méchantes, sourit Jasmine.

Tu regardes discrètement par la porte entrouverte du salon.

*

Contrairement à toi, c'est la première fois que je viens ici. Je suis entrée avec la même appréhension que toi. Brigitte m'a fait faire un exercice de respiration devant la porte et j'étais en train d'expirer longuement, la bouche en O, la main sur ma cage thoracique, quand Jasmine a ouvert la porte en criant, Alors, vous montez sur les mains ? Paradoxalement, j'en ai conçu un certain soulagement : je m'étais couverte de ridicule avant même de passer le seuil de sa porte, c'était comme un vaccin. C'était fait. Depuis, tout se passe très bien.

– C'est qui, celle qui n'a pas de cheveux ? chuchotes-tu dans l'entrebâillement de la porte.

– Elle en a, ils sont juste très courts.

– Je l'ai déjà vue.

– Je l'ai connue chez Brigitte, on s'entend bien. Tu sais, ma collègue et amie Brigitte ?

– Tu m'en as parlé.

Vous entrez dans le salon au moment où une invitée de Jasmine, une femme au volumineux afro portant une salopette et un T-shirt troué sous l'aisselle, se dirige vers la cuisine en portant un plat.

– Boubou, dit-elle, j'ai fait préchauffer ton four pour mon clafoutis de chou-fleur à la menthe.

– OK, Boubou.

– Vous vous appelez mutuellement Boubou ? demandes-tu.

– Oui, parce qu'on se connaît si bien…

– Que chacune finit les phrases de l'autre. Je prends un bout de la phrase…

– Et moi l'autre bout.

– Et toi, tu dois être la fameuse Sarah.

– Euh, oui.

– La jeune athlète.

La dame qui vient d'apporter cette précision, assise sur le canapé, hoche la tête avec expertise.

– Aïcha est ma voisine du dessous. On s'est rencontrées le jour où j'ai acheté un tricycle à mon fils.

– L'enfer.

Puis Jasmine pivote vers ma voisine.

– Brigitte est une ancienne collègue. Enfin, on travaille toujours dans la même boîte mais plus dans le même service. On nous a séparées.

– Qui ?

– Le patron, tiens.

– Celui qui t'a invitée au restaurant où tu as bu le rince-doigts ?

– Quel rince-doigts ?

Des rires et des sifflets fusent dans le salon.

– Un peu de discrétion, jeune fille, ou je ne te raconterai plus rien. Mais oui, c'est bien ce patron qui nous a séparées.

– Nous avions fabriqué une cabane.

– Dans notre bureau. Nous étions censées le partager avec deux greluches. Nous ne voulions plus les voir alors nous avons utilisé les armoires métalliques, les casiers, tout ce qui montait à plus d'un mètre cinquante du sol, et nous avons créé des cloisons.

– Un bureau dans le bureau. La porte était un drapé.

– Un beau drapé pourpre, comme un rideau de théâtre. Et à l'intérieur nous avons collé des affiches, des paysages.

– Les collègues étaient tellement jalouses qu'elles ont menacé de faire grève si on ne nous séparait pas.

– Il m'est arrivé la même chose à l'internat, quand j'avais l'âge de cette jeune fille, dis-je en levant le menton vers toi.

– Fanny est une amie de Brigitte.

– Nous nous sommes croisées. J'habite un petit pavillon blanc près de chez toi, je t'ai déjà vue courir.

– Fanny écrit des livres mais je ne les ai jamais lus.

– Et moi, je n'ai jamais vu le bureau de Jasmine.

Puis Jasmine te présente une jeune femme assise à ma droite.

– Sayaka est mon amie musicienne. On a un groupe ensemble.

– Tu as un groupe, Jasmine ?

– Tu joues de quel instrument ?

– Le plus facile à transporter qu'on puisse imaginer.

– Le tuba ? plaisantes-tu, et tu rougis de fierté quand

toutes ces adultes qui t'entourent éclatent de rire et se tapent sur les cuisses.

– La plus sexy des flûtes Paetzold : ma voix.

– Et moi, dit Sayaka, j'ai le plus encombrant qu'on puisse imaginer : le monde entier. Je fais des percussions, sur tout ce qui est à ma disposition.

Sans se concerter, toutes les convives s'emparent de stylos, cuillères, bâtons de carotte, bretzels en sticks, et Aïcha ôte les épingles de son chignon. Sayaka, armée de gressins au romarin, commence par frapper délicatement les verres posés sur la table. Elle sait estimer à l'œil nu quelle note elle tirera de ce verre à moutarde empli au tiers de citronnade, de telle coupe vide, ou d'un verre à pied bien rempli de vin mais si fin qu'on craindrait de le casser entre deux doigts. Tu nous regardes onduler en rythme, concentrées. Puis Sayaka se met à taper sur tout très vite, sur l'applique en verre, le sucrier chromé, l'arbre magique du gamin, la balustrade de la baie vitrée sans balcon, le dossier des chaises, nos chaussures, le linoléum, et soudain, toutes en même temps nous nous joignons à elle avec nos baguettes de fortune.

Les stylos appuient le tempo, les cuillères leur font écho, crissant de concert, façon cymbales, les bâtons de carotte s'emballent en de profonds flop, pouf, flop, pouf, les sticks de bretzel cliquettent et les épingles à chignon roulent comme une vague de fond. Il faut un moment à toutes ces rythmiques pour se fondre en un ensemble harmonieux, quoique complexe. Quand ce moment arrive, tu t'aperçois que tu fais quelque chose comme des claquettes sur l'établi du petit, tu ne sais pas depuis combien de temps. Tu écoutes la part de tes pieds dans la polyrythmie et tu peines à croire que tu sais faire ça, que ça te vient d'instinct. Que tu fais partie de ce tout. Jusqu'à ce que le manche à balai d'un voisin ne gâche ce parfait accord.

– Nul, dit Sayaka en lançant un regard menaçant au trouble-fête à travers le plafond. Aucun sens du rythme.

– Il n'est même pas 22 heures, grogne Aïcha.

– Il n'était pas 22 heures quand le petit a inauguré son tricycle.

Aïcha hausse les épaules en signe d'aveu.

– Certains instruments passent mieux que d'autres dans les lieux qui ne bénéficient pas d'une bonne insonorisation, commente distraitement Sayaka. Les percussions passent moins bien que les autres.

– Et le tuba ? demandes-tu, mais cette fois personne ne se roule par terre et tu te sens un peu stupide.

– Je n'aimerais pas que ton fils apprenne la trompette, avoue Aïcha.

– Et si moi, je l'apprenais ? répond Jasmine, jouant la mère offensée.

Aïcha pince la bouche rien que d'y penser. Puis le temps file très vite, de discussions en intermèdes musicaux, ponctués de dégustations originales.

– Boubou, ça t'ennuie si je mets tes bougies sur ma terrine chocolat-coriandre ?

– Bien sûr que non, Boubou.

Tu te rappelleras particulièrement le moment de *Nont for Sale*, une chanson de Sudan Archives. Quand Jasmine la diffuse, nous nous mettons toutes à danser, mêlant nos mouvements de la même manière que nous mêlions un peu plus tôt nos percussions, en une chorégraphie à la fois maladroite et harmonieuse. Certaines essaient de chanter en chœur mais ne parviennent qu'à raccorder quelques syllabes au débit rapide. *This is my time, don't waste it up*, chante Sudan Archives, et Aïcha tente de la suivre : *ne tie et wasty up*, finit-elle à pleins poumons. Mais notre phrase préférée, nous ne la massacrons pas et nous la crions en chœur comme un mot d'ordre : *This is my light, don't block the sun*. Cet unisson provoque un nouvel émoi de manche à balai à l'étage du dessus mais ça ne nous empêche pas de passer la chanson trois fois : jusqu'à ce que tu parviennes à chanter la phrase avec nous. Tu le fais les bras levés vers le plafond qui vibre de coups rageurs.

Personne au cours de la soirée ne prend de photos mais tu en conserveras des souvenirs si précis que tu pourras les contempler ensuite, chaque fois que tu auras besoin de te sentir entourée. Le dessin participatif de la maison idéale sur le tableau blanc du petit absent ; le cours de yoga dispensé en accéléré par Boubou ; la reconstitution de la scène du rince-doigts, plébiscitée par toutes et concédée par Jasmine. Comment sept femmes en viennent à faire la chenille dans un T2, tu ne saurais l'expliquer. Quand nous nous asseyons de nouveau, après cela, tu t'aperçois qu'il n'est pas loin de minuit et tu as l'impression qu'une armée de fourmis vient de s'affaisser au bas d'une pente glissante à l'intérieur de ton crâne.

– Doucement, dit Jasmine. Si tes parents s'inquiétaient, ils auraient essayé de t'appeler.

– Je n'ai pas peur qu'ils s'inquiètent, j'ai peur qu'ils me harcèlent de questions. J'avais complètement oublié... à peu près tout, en fait.

– Pas de scénario catastrophe. Ils te croient chez ton amie de l'athlétisme, c'est tout.

– Ce n'est pas mon amie et je ne pense pas qu'elle recevrait jusqu'à minuit un vendredi soir alors qu'elle a équitation le samedi matin.

– Tes parents savent qu'elle monte à cheval le samedi matin ?

– Un extraterrestre le devinerait les yeux mi-clos.

– C'est normal de faire un truc en douce de temps en temps, dit Brigitte. Tes parents l'ont fait, ils savent que c'est ton tour. Et même si c'est leur rôle de te demander des comptes, ils savent que c'est...

– De bonne guerre.

– Un passage obligé.

Tu écoutes cet échange avec perplexité. Personne autour de toi ne traverse un passage obligé comparable au tien. Ni Blanche, ni Sofia, ni aucun de tes condisciples. Je ne dis rien, même si je sais que les femmes ici présentes omettent un paramètre. Il est louable qu'elles ne considèrent pas ce point, et si le reste du monde en faisait autant, sans doute ne devrais-tu pas vivre ta différence comme un problème. Elle resterait une différence mais on l'apprécierait pour ce qu'elle est : une force, une beauté, la garantie que jamais l'humanité ne sera une armée de clones – jusqu'à ce que cette différence soit absorbée par le modèle capitaliste, schéma qui s'ébauche depuis que les homosexuels se conforment massivement à la norme, procréant et consommant en conséquence. Dans cette société bien lissée, il ne reste que peu de décadents. Mais tu n'en es pas là et, pour l'instant, ton expérience d'adolescente diffère des guerres de générations ordinaires. Dans ta famille, il n'est pas tant question de s'ajuster les uns aux autres que de décréter une normalité. Comment lutter contre ceux qui ont le droit de t'enfermer, de te contraindre et de te gifler s'ils estiment que c'est pour ton bien, et s'ils estiment que le bien pour une fille consiste à aimer les garçons ?

Je n'interviens pas mais propose de te raccompagner. J'attendrais dehors, au cas où. Je serais là, sous ta fenêtre, et tu serais rassurée par ma simple proximité. Quand la lumière de ta chambre s'éteindrait, je reviendrais chez Jasmine, où des bougies éclaireraient délicatement d'ultimes discussions nocturnes parfumées d'infusions à la guimauve. Sur la route jusque chez toi, tu me poserais quelques questions sur l'écriture et je te demanderais si tu veux bien écrire avec moi. Tu serais un peu gênée mais peut-être que tu accepterais.

Mais nous ne le saurons jamais car j'ai menti. Vous n'êtes que six, ce soir, je ne suis pas parmi vous comme je rêve d'y être. Tu rentres chez toi sans escorte, après que tout le monde t'a embrassé le front, la tempe ou la joue en caressant tes cheveux ou tes épaules. Quand tu arrives devant la maison de tes parents et découvres que la lumière est encore allumée, je ne suis pas là pour te rassurer. Ni moi, ni personne.

*

Ton père est très pâle sur son fauteuil, son visage presque aussi blanc que le napperon sur le dossier.

– Regarde dans quel état tu mets ton père, gronde ta mère. À son âge, tu ne crois pas qu'il mériterait d'être en paix dans son lit plutôt que de se faire du souci pour une gamine égoïste et sournoise de ton espèce ?

– Je croyais que c'était normal de rentrer tard : dimanche, vous vous êtes moqués de moi parce que j'étais rentrée de chez Blanche avant que vous ne soyez montés vous coucher.

– Ne réponds pas ! Ne fais pas ta maligne avec moi, je ne suis pas Rose ou je ne sais qui pour être sensible à tes manières. Je veux savoir où tu étais ce soir.

– Je te l'ai dit, j'étais chez Domitille.

– Faux. Je suis passée devant chez elle en voiture, à 23 heures, il n'y avait pas de lumière.

– J'ai marché un moment après la fête, j'aime bien cet air printanier, le calme…

La gifle retentit avant que tu ne l'aies vue venir.

– Tu me dis d'où tu viens.

Tu cherches un secours vers ton père. Jamais il n'y a eu de violence physique dans cette maison, ça ne peut pas être anodin ; il va forcément intervenir. Mais son regard est trop vague pour que tu puisses l'accrocher, on dirait qu'il dort les yeux ouverts.

– Je ne vais pas le répéter vingt fois. Je veux savoir où tu étais, avec qui.

Tu penses aux résistants dont parlent les livres d'histoire. Tu te promets que tu ne céderas pas. Tu ne pourrais plus vivre avec toi-même.

– Je ne dirai rien. Tu peux frapper.

– Tu n'es qu'une insolente petite…

Alarmée par les cris, Mona est descendue de sa chambre. Elle passe la porte du séjour au moment où une seconde gifle claque sur ta joue et elle se met à hurler, à hurler et à trépigner, les yeux fermés très fort, pourtant des larmes ruissellent sur son visage. Alors tu pleures, toi aussi. Tu pleures de découvrir que Mona peut être affectée par ton sort, autant que tu pleures sur ton sort. Toute la fragilité du monde s'enfuit dans le sel de tes yeux.

Samedi

La tête enfoncée dans l'oreiller humide de larmes, tu fixes le bord inférieur du papier peint à la jonction de deux lés, presque invisible depuis que tu as mis un point de colle sous celui qui se décollait. Tu t'en es occupée ce matin, au réveil, en te disant qu'il était temps de faire les choses qui devaient être faites. Mais ensuite, tu n'as pas réussi à ouvrir la porte de ta chambre. Tu restais figée, la main sur la poignée. Une ère glaciaire venait de te balayer, fugace comme l'ombre d'un nuage par grand vent, et cette ère était le regard de ta mère, celui qui te fixait quand tu as quitté le séjour, cette nuit, après que ton père a dit :

– Ça suffit, ce cirque. On se croirait chez les fous.

– Monte dans ta chambre, t'a ordonné ta mère.

Une fois ta porte fermée, immobile dans l'obscurité, tu as encore entendu couiner Mona et la voix de ta mère est devenue monocorde. Elle devait débiter une de ses tirades sur ce qui se fait, ce qui ne se fait pas, ce qui est respectueux et ce qui ne l'est pas, et sur ses responsabilités. Tu t'es blottie tout habillée sous ta couette ; tes pieds chaussés dépassaient dans le vide. Tu craignais de devoir t'enfuir à tout moment, de devoir sauter par la fenêtre avant de courir aussi vite que tu sais le faire. Mais tu t'es endormie en quelques secondes.

Puis tu t'es levée d'un bond, tu as posé un point de colle,

tenu la poignée dans ta main et finalement tu as regagné ton lit. On frappe doucement à ta porte mais tu ne réponds pas. Mona prononce ton prénom sur le palier. Elle finit par ouvrir avec précaution et vient s'asseoir au bord de ton lit.

– Comment tu te sens ?

– Je me demande comment on va pouvoir continuer à cohabiter après ça.

– Les parents font comme si de rien n'était. Maman a dit un truc du genre, Tiens, Sarah n'est pas encore levée. Qu'est-ce que tu vas faire, maintenant ?

– Rien. Je ne vais pas me suicider. Je ne vais pas fuguer : rien que d'y penser, j'ai faim, j'ai froid et envie d'aller aux toilettes. Alors je vais continuer patiemment, prudemment.

– Tu ne vois rien qui pourrait… te simplifier la vie ?

– Non, Mona, cette semaine j'ai compris qu'il n'y a pas de résolution dans la vie, ni de solution. Il faut développer des stratagèmes pour composer avec le jeu qu'on a entre les mains.

– Quoi ?

– Tu rêves toujours de rencontrer cet acteur, euh…

– Bob ! Je l'appelle Bob. Enfin, quand je suis seule.

– Tu penses que ça va se faire ? Tu penses que Mona Benarif, dite Chiffon, domiciliée dans le bassin minier, va rencontrer Bob de Hollywood ?

– Ben non, je ne pense pas que ça va vraiment se passer.

– Pourtant tu ne te suicides pas, tu ne détruis pas des abribus, tu ne fais pas une fusillade au lycée. Ce n'est pas que tu te penses indigne de rencontrer Bob mais tu sais que ça ne se produira pas et tu composes avec cette donnée.

Le carillon de l'entrée retentit.

– C'est Enzo, dit Mona en rejetant ses cheveux d'un mouvement elliptique de la tête.

– Merci d'être venue aux nouvelles.

– Tu vas courir ?

– Oui. Je vais sécréter mon endorphine.

Vous vous souriez. Ce sourire t'évoque celui que l'on échange avec des inconnus dans la rue (pas tous, sans savoir pourquoi ceux-là et pas d'autres, à ce moment-là) plutôt qu'un sourire de sœurs. Puis tu te reprends : ça n'existe pas, un sourire de sœurs. Les liens de sang n'impliquent rien. Simplement, il est plus agréable de sourire aux inconnus avec lesquels on vit dans soixante-dix mètres carrés que de subir leurs quolibets.

– Et maintenant ? te demandes-tu à toi-même.

Tu ne te réponds pas la même chose que tu as répondue à ta sœur. Tu découpes les pages du cahier noir que tu as déjà écrites, les glisses dans le journal sur lequel, une semaine plus tôt, ta vie a trébuché. Tu roules le tout. Tu tends l'oreille, traverses sur la pointe des pieds la chambre de tes parents, qui donne sur le jardin, et tu les vois. Ton père est étendu sur une chaise longue, un plaid jusqu'au menton, et regarde ta mère tailler la haie. Tu descends l'escalier, enfouis le journal roulé au fond du bac de recyclable et, avant de laisser retomber sur lui les papiers et emballages cartonnés qui s'y entassent, d'un regard tu dis adieu à tes premiers textes. Jasmine les a lus, c'est déjà ça. Ils auront existé. Puis tu les laisses disparaître à ton regard, pour toujours.

La seule liberté possible ici est dans ton cerveau. Mais tu sais qu'un jour, tu revivras des moments semblables à ceux d'hier soir. Tu sais qu'il y a une place pour toi dans ce monde. Elle t'est réservée pour plus tard, voilà tout. Tu tiendras.

*

Plus le train avance, plus je crains de commettre une erreur en risquant ton incarnation. J'ai peur. Depuis le départ de Lille, j'ai peur de te voir, plus encore que de ne pas te voir. Les mains posées sur les genoux, je regarde la ville céder aux champs à travers les arabesques tracées par de multiples pluies sur les vitres poussiéreuses. Bientôt, les premiers terrils apparaissent, ton territoire s'ébauche. Puis la voix automatique annonce mon arrêt. Tu n'es pas obligée d'y aller, me dis-je par principe, sans m'écouter.

Tant que je rêve, tout est possible et revigorant. Je peux être auprès de toi, de Jasmine et de nos – de vos – amies, et ma vie est pleine de joie. Mais soudain le décor est là, très tangible autour de moi, et mon pouls s'accélère. Si tu y fais ton apparition, comment m'avancerai-je vers toi, avec quelle contenance ? Quel moment, quels mots choisirai-je pour interférer avec le cours de ta journée ? Car il faudra recourir au langage, composer avec son insoutenable pesanteur. Bonjour, dirai-je, mais quelles intonations adopter, quel stratagème de deux syllabes, quelle subtilité déployer pour que ce simple mot ne sonne ni plat ni lourd ?

Je risque ton incarnation et ta volonté parce que tu as besoin de soutien, mais peut-être ne souhaiteras-tu pas qu'il vienne de moi. Si tu ne veux pas de mon aide, de mon affection, pas de moi dans ta vie, ce sera comme si le soleil s'éteignait soudain avec un bruit d'allumette mouillée. Si le soleil s'éteint, l'humanité grelottera au seuil d'une nuit éternelle et saura que c'est la fin, qu'elle n'en a plus que pour quelques semaines et qu'en attendant, tout ce qu'elle pourra faire sera vain. Je serai comme elle si tu me dis de te laisser tranquille.

Pourtant je gagne l'impasse où tu m'as souri le 8 août – il y a des mois maintenant –, accroche mon vélo à la barrière en béton qui la sépare du parc en contrebas. Je te parle à mi-voix pour me rassurer tandis que je parcours le lotissement désert, où ne me parviennent que le ronronnement de l'autoroute voisine et mon chuchotement : C'est vide, ici, sans toi, plus vide que n'importe quel endroit où tu n'as jamais mis les pieds. Devant chez toi, il n'y a pas de voiture, rien, rien à signaler. Fenêtres et portes closes. Chaque fois que je l'emprunte, ta rue semble avoir encore rétréci. Une maquette, un tapis de jeux. Dès que j'ai posé les yeux sur toi, le 1er août, j'ai eu l'intuition que tu étais trop singulière pour ce parc isolé, pour ce quartier tout entier.

J'emprunte chacun des chemins de traverse qui le maillent. J'escalade les talus du chantier interdit au public et erre entre les bouches d'égout sans plaque, cavités profondes de deux mètres dans lesquelles s'entassent des feuilles mortes et des détritus. Dans un fossé, face à la Maison de la Citoyenneté, un salon entier, divan, fauteuils et commode ; devant la grille baissée du local, un caddie abandonné. Mon examen du lotissement terminé, à mon habitude, je regagne le parc

Gagarine et en fais le tour. Je marche lentement parce que je sais qu'ensuite, il ne me restera qu'à renoncer. Comme à chacune de mes visites, je me résignerai à partir sans t'avoir vue.

Je tourne à angle droit sur le petit segment du terrain le plus proche de l'autoroute. À ma droite s'élève le haut filet pare-ballons et, à ma gauche, le rideau d'érables champêtres qui sépare le parc de la route. Je marche dans le couloir semi-végétal et contemple l'étroite perspective, où le soleil filtré par les feuillages découpe d'insaisissables formes dorées. Puis de nouveau je tourne à angle droit et le terrain s'étale devant moi jusqu'aux abords des habitations. Je connais jusqu'à la nausée cette étendue verte tout juste rehaussée de lignes blanches : celles du marquage au sol, celles de la rambarde et des cages de but, celles des maisons qui ferment l'horizon.

Et soudain, à la lisière du lotissement et de ce vert strié de blanc, je devine dans le lointain les taches rouge et bleue d'un maillot et d'un short. Le grondement de l'autoroute s'interrompt. La brise se fige, les feuillages cessent de bruisser, les arbres suspendent leur photosynthèse. Mon corps continue d'avancer quelques pas puis s'immobilise. Tu descends le chemin de dalles disjointes qui zigzague entre le bout de l'impasse et le bord du terrain, le regard posé sur le sol quelques mètres devant toi. Tu t'engages sur le côté du terrain et te diriges vers moi en levant la tête. Tu me vois. Ton pas ralentit puis s'arrête.

Je ne jurerais de rien, à cette distance, mais il me semble que tu souris.

RÉALISATION : NORD COMPO À VILLENEUVE-D'ASCQ
ACHEVÉ D'IMPRIMER SUR ROTO-PAGE
PAR L'IMPRIMERIE FLOCH À MAYENNE
DÉPÔT LÉGAL : JANVIER 2020. N° 1594 (95257)
IMPRIMÉ EN FRANCE